原创电影剧本

J.K. ROWLING

神奇动物在哪里

〔英〕J.K. 罗琳／著

马爱农 马珈／译

原创电影剧本

封面及图书设计
米纳利马设计工作室

人民文学出版社
PEOPLE'S LITERATURE PUBLISHING HOUSE

著作权合同登记号　图字01—2022—5887

Fantastic Beasts and Where to Find Them: The Original Screenplay

Text © J.K. Rowling, 2016
Jacket art and design by MinaLima © J.K. Rowling, 2016
Interior illustrations by MinaLima © J.K. Rowling, 2016
Simplified Chinese dubbing for the Warner Bros. motion picture translated by 马珈

Harry Potter and Fantastic Beasts characters, names and related indicia are trademarks of and © Warner Bros. Entertainment Inc. All rights reserved.

J.K.ROWLING'S WIZARDING WORLD is a trademark of J.K.Rowling and Warner Bros. Entertainment Inc.

图书在版编目（CIP）数据

神奇动物在哪里：原创电影剧本/（英）J.K.罗琳著；马爱农，马珈译. —北京：人民文学出版社，2017（2025.7重印）
ISBN 978-7-02-012516-6

Ⅰ．①神…　Ⅱ．①J…②马…③马…　Ⅲ．①儿童文学—电影文学剧本—英国—现代　Ⅳ．①I561.835

中国版本图书馆CIP数据核字（2017）第038599号

责任编辑　翟　灿
美术编辑　刘　静
责任印制　苏文强

出版发行　人民文学出版社
社　　址　北京市朝内大街166号
邮政编码　100705

印　　刷　北京新华印刷有限公司
经　　销　全国新华书店等

字　　数　120千字
开　　本　890毫米×1230毫米　1/32
印　　张　9.75
印　　数　238001—243000
版　　次　2017年5月北京第1版
印　　次　2025年7月第31次印刷

书　　号　978-7-02-012516-6
定　　价　58.00元

如有印装质量问题，请与本社图书销售中心调换。电话：010-59905336

献给戈登·默里——现实中的
动物治疗师和英雄

目 录

《神奇动物在哪里》
原创电影剧本
1

鸣谢
293

电影术语表
295

演职人员表
298

关于作者
301

关于图书设计
303

原创电影剧本

第 1 场
外景。欧洲某地——1926 年——夜晚

一座荒凉的、孤零零的巨大城堡在黑暗中显现。镜头对准城堡外一个鹅卵石广场,迷雾笼罩,气氛诡异,无声无息。

五位傲罗手举魔杖站立,谨慎地慢慢靠近城堡。一道纯白的强光突然迸射,将他们击飞。

镜头一转,他们的尸体一动不动地横陈在大片开阔草地的入口。一个身影(格林德沃)出现在画面中,背对镜头。他对死尸视而不见,凝神仰望夜空,镜头上移转向月亮。

蒙太奇。画面上是 1926 年各种魔法报纸的头版标题,内容涉及格林德沃在世界各地的袭击:《盖勒特·格林德沃卷土重来肆虐欧洲》《霍格沃茨魔法学校加大安保力度》《格林德沃在哪里?》……他对魔法界造成严重威胁,如今消失无踪。活动照片详细展示被摧毁的建筑物、火灾、正在惨叫的受害者。文章雪片般飞来,令人

眼花缭乱——世界范围内对格林德沃的搜捕仍在继续。镜头推向最后一篇文章,显示的是自由女神像。

转场。

第 2 场
外景。客轮缓缓驶入纽约港——次日早晨

纽约晴朗明媚的一天。海鸥在头顶上空盘旋。

一艘大客轮从自由女神像旁驶过。乘客们倚在栏杆上,兴奋地看着那片越来越近的陆地。

镜头推向一个坐在板凳上、背对我们的身影——纽特·斯卡曼德。他风尘仆仆,身材瘦长,穿着一件蓝色旧大衣。他身边放着一个破旧的褐色皮箱。箱子的一个锁扣突然自动弹开。纽特迅速俯身把它关上。

纽特把箱子放在腿上,低下头,悄声说话。

纽特
杜戈尔——安生点儿吧,
拜托了。不会太久了。

第 3 场
外景。纽约——白天

高空镜头。纽约。

第 4 场
外景。轮船／内景。海关——随后不久——白天

拥挤的人群中,纽特走下轮船的跳板,镜头推向他的箱子。

海关官员(画外音)
下一位。

纽特站在入关处——船坞旁有一长排桌子,桌子后面是神情严肃的美国官员。一位海关官员检查纽特那本非常破旧的英国护照。

海关官员
英国人,嗯?

神奇动物在哪里

纽特

是的。

海关官员

第一次来纽约?

纽特

是的。

海关官员

（示意纽特的箱子）
里面有可食用的东西吗?

纽特

（用一只手捂住胸袋）
没有。

海关官员

那家畜呢?

纽特箱子的锁扣再次弹开。纽特低头看看，迅速把它关上。

纽特

得修修箱子了……呃，没有。

原创电影剧本

> **海关官员**
> （怀疑）
> 让我看一下。

纽特把箱子放在两人中间的桌上，偷偷把一个黄铜转盘调至麻瓜模式。

海关官员把箱子转到自己面前，打开锁扣，掀开箱盖，看见的是：睡衣，各种地图，一本日记，闹钟，放大镜，一条赫奇帕奇围巾。最后，他感到满意，合上箱子。

> **海关官员**
> 欢迎来纽约。

> **纽特**
> 谢谢。

纽特拿起自己的护照和箱子。

> **海关官员**
> 下一位！

纽特走出海关。

神奇动物在哪里

第 5 场
外景。市政厅地铁站附近街道——傍晚

一条长长的街道，两边都是相似的褐砂石住宅，其中一座已变成碎砖乱瓦。一群记者和摄影师漫无目的地转悠，希望能发生点什么事，但知道希望渺茫，所以热情不高。一位记者正在采访一个兴奋的中年男子，两人在废墟中行走。

目击者
——就好像——像一阵风，
又像——像一个鬼——
但很黑——我看见它的眼睛了——
亮晶晶的白眼睛——

原创电影剧本

记者
(面无表情，手里拿着笔记本)
——一阵黑风——有眼睛……

目击者
——像黑漆漆的一团，然后
俯冲下来，钻到地底下去了——
我向上帝发誓……就在我面前
钻到地底下去了。

镜头推向波希瓦尔·格雷维斯，他朝被毁的建筑物走去。

格雷维斯衣冠楚楚，英俊倜傥，刚刚步入中年，举止风度迥异于周围的人。他十分警觉，处于一种蓄势待发的状态，给人一种强烈自信的感觉。

摄影师
(低声)
嘿，问到什么了？

记者
(低声)
一阵黑风，这类废话。

摄影师
又是有关大气的鬼话，

神奇动物在哪里

要么是电气问题。

格雷维斯走上已成废墟的房屋的台阶。他仔细察看破坏情况,神色好奇、警惕。

记者

嘿,去喝一杯?

摄影师

不了,我在戒酒。
向玛莎保证过不碰了。

风势渐起,在房屋周围旋转,伴随着一种高亢尖厉的叫声。唯有格雷维斯显出好奇的神情。

街面突然传来一连串惊天动地的响声。所有的人都扭头寻找声音的来源:一面墙裂开,地上的瓦砾开始抖动,如同遭遇一场地震,随即轰然爆炸,从建筑物脱离开去,在街道中间猛冲向前。动作凶猛、急促——人和车辆被撞得飞了起来。

神秘力量升至空中,在城市里盘旋,在大街小巷穿梭,最后横冲直撞地钻入一个地铁站。

镜头拉近格雷维斯,他在察看街道被毁坏的情况。

地底深处传来咆哮和号叫混合的声响。

第 6 场
外景。纽约街道——白天

仔细观察纽特走路,会发现他有一种自然流露的基顿气质,似乎跟周围的人不在一个频率。他手里攥着写在一张小纸片上的详细地址,但仍然对这个陌生环境表现出科学家一般的好奇。

第 7 场
外景。另一条街道,市银行的台阶——白天

纽特被叫嚷声吸引,走向"新塞勒姆慈善协会"的集会。玛丽·卢·巴瑞波恩,一位英气的中西部女性,穿着二十世纪二十年代的清教徒服装,充满热情和感召力,站在市银行台阶旁一个临时小舞台上。

站在她身后的一个男人举着一面旗帜,上面印有该组织的标志:在黄色和红色的耀眼火焰中,一双手骄傲地攥

着一根折断的魔杖。

玛丽·卢
(对集会人群)
……这座伟大的城市
闪耀着人们智慧的结晶!
电影院,汽车,无线电,
电灯——眼花缭乱,
令我们迷惑!

纽特放慢脚步,注视着玛丽·卢,用的是观察另一物种的目光:没有评判,只有兴趣。

近旁站着蒂娜·戈德斯坦,帽子低低地压在头上,领子高高竖起。她在吃一个热狗,上唇沾着芥末酱。纽特想挤到集会的前面去,不小心撞到了她。

纽 特
哦……非常抱歉。

玛丽·卢
可是既然有光亮,
就会有阴影,朋友们。
有某种东西,潜藏在
我们的城市里,伺机破坏,
然后消失得无影无踪……

原创电影剧本

雅各布·科瓦尔斯基紧张地从街道上走向人群,他穿着不合身的西装,拎着一个破旧的褐色皮箱。

玛丽·卢(画外音)
我们必须战斗——加入我们,
"第二塞勒姆",并肩作战!

雅各布穿过聚集的人群,也从蒂娜身边挤过。

雅各布
借过一下,宝贝儿。
我只是想去银行——借过一下——
我只是……

雅各布被纽特的箱子绊倒,暂时从画面上消失。纽特把他拉起来。

纽特
十分抱歉——我的箱子——

雅各布
不碍事儿——

雅各布挣扎着继续往前走,经过玛丽·卢身边,走上银行台阶。

雅各布
打扰了!

纽特周围的骚动引起玛丽·卢的注意。

玛丽·卢
（充满煽动性，对纽特）
你，朋友！为何来参加
我们今天的集会？

纽特发现自己成为众人注意的中心，十分惊诧。

纽特
哦……我只是……路过……

玛丽·卢
你是一位求求者？
在找求真相？

停顿。

纽特
其实，我更是一位追球手。

镜头转向进出银行的人们。

原创电影剧本

一位衣冠楚楚的男人,抛给坐在台阶上的乞丐一枚十美分硬币。

镜头拉近硬币,以慢动作缓缓落下。

> **玛丽·卢**(画外音)
> 请听我的箴言,留心
> 我的警告……

镜头转向几个小爪子,从纽特箱子的箱盖和箱体间的狭窄缝隙伸出来。

镜头转向那枚硬币,落在台阶上,发出悦耳的当啷声。

镜头转向那些爪子,此刻正在拼命把箱子打开。

> **玛丽·卢**
> ……有胆尽管嘲笑:
> 巫师就在我们中间!

玛丽·卢收养的三个孩子,已经成年的克莱登斯和卡斯提蒂,以及莫迪丝蒂(一个八岁女孩),给大家分发传单。克莱登斯显得烦恼、局促不安。

> **玛丽·卢**(画外音)
> 我们必须共同战斗,

神奇动物在哪里

为了我们的子孙后代——
为了我们的明天!
   (对纽特)
那么你说呢,
朋友?

纽特抬头看向玛丽·卢时,眼角余光所见吸引了他的注意力。嗅嗅,一种介于鼹鼠和鸭嘴兽之间的黑漆漆、毛茸茸的小动物,正坐在银行台阶上,忙着把乞丐那顶装满钱的帽子偷偷拖到柱子后面。

纽特大吃一惊,低头看自己的箱子。

镜头转向嗅嗅,忙着把乞丐的钱币划拉到它肚子上的一个口袋里。嗅嗅抬起头,注意到纽特的目光,赶紧收起剩下的钱币,翻着跟斗逃进银行。

纽特拔腿追了上去。

纽 特
抱歉,失陪。

镜头转向玛丽·卢——看到纽特对她的事业不感兴趣,她显得疑惑不解。

玛丽·卢（画外音）

巫师就在我们中间！

镜头转向蒂娜，她挤过人群，怀疑地盯着纽特。

第 8 场
内景。银行大厅——片刻之后——白天

气派恢宏的银行大厅。大厅中央，在一个金色柜台后面，职员们正忙着为客户提供服务。

纽特在大门口刹住脚，左右张望，寻找他的动物。他的穿着和举止行为，在那些衣着考究的纽约人中显得格格不入。

银行雇员
（怀疑）
需要效劳吗，先生？

纽特
不，我只是……只是……
在等……

纽特朝一条长凳示意,后退几步,在雅各布身边坐下。

蒂娜从柱子后面窥视纽特。

> **雅各布**
> (紧张)
> 嗨。你来办什么业务?

纽特急于找到他的嗅嗅。

> **纽特**
> 跟您一样……

> **雅各布**
> 你也是来贷款
> 开面包店的?

> **纽特**
> (东张西望——心不在焉)
> 是的。

> **雅各布**
> 不会那么巧吧?
> 好吧,有实力的人胜出,
> 但愿吧。

原创电影剧本

纽特发现了嗅嗅,此刻它正从一个人的包里偷硬币。

雅各布伸出手,但纽特已经离开。

纽特
抱歉,失陪。

纽特抽身而去。长凳上他坐过的地方躺着一枚银色的大蛋。

雅各布
嘿,先生……嘿,先生!

纽特没有听见,他一门心思地寻找嗅嗅。

雅各布把蛋拿起,就在这时,银行经理办公室的门打开,一位秘书朝外张望。

雅各布
嘿,伙计!

秘书
科瓦尔斯基先生,
宾利先生想现在见你。

雅各布把蛋放进口袋,振作精神朝办公室走去。

雅各布
（压低声音）
好的……好的。

镜头转向纽特，他偷偷追逐在银行里到处活动的嗅嗅。他终于发现嗅嗅正从一位女士的鞋子上摘下一枚亮晶晶的扣形装饰，随即匆匆往前跑，急切地想捞到更多闪闪发亮的东西。

在纽特无奈的注视下，嗅嗅敏捷地在人们的箱子间跳来跳去，钻进一个个包里，这里抓点儿，那里捞点儿。

第 9 场
内景。宾利的办公室——片刻之后——白天

雅各布面对西装革履、神态威严的宾利先生。宾利先生正在查看雅各布开烘焙坊的企划书。

令人不安的沉默。嘀嗒嘀嗒的钟声，宾利先生的喃喃自语声。

雅各布低头看自己的口袋——那枚蛋开始抖动。

原创电影剧本

宾利
您目前在……
罐头厂工作?

雅各布
眼下算是最好的了——
我是1924年才回来的。

宾利
回来?

雅各布
从欧洲回来,先生。是啊——
我那会儿是美国远征军的
一名士兵——

雅各布明显局促不安,说到"远征军"时模拟挖掘动作,徒然地希望开个玩笑能有助于他的申请。

第10场
内景。银行密室——片刻之后——白天

镜头转回纽特,他在银行里——寻找嗅嗅,最后排在一

神奇动物在哪里

个出纳柜台前的队伍里。他伸长脖子,朝前面一位女士的包里窥视。蒂娜从柱子后面注视他。

镜头转向硬币,在一张长凳底下纷纷散落。

镜头转向纽特,他听见硬币的声音,转脸看见小爪子飞快地把硬币捡拾起来。

镜头转向嗅嗅,它坐在长凳下,看上去圆鼓鼓的,一副得意的样子。它还没有满足,注意力被一条小狗脖子上挂的亮晶晶的吊牌吸引住。嗅嗅慢慢地、厚颜无耻地往前移动——小爪子伸出去想抓吊牌。狗凶狠地汪汪大叫。

纽特跑过去,钻到长凳底下——嗅嗅拔腿逃跑,急促地奔过银行柜台的隔板,纽特抓了个空。

第 11 场
内景。宾利的办公室——片刻之后——白天

雅各布非常骄傲地打开箱子。里面展示了一批他自己做的精美糕点。

    雅各布（画外音）
好了。

    宾利
科瓦尔斯基先生——

    雅各布
——您得尝尝我做的甜滋滋，
好吗？是我祖母的配方，
里面的橙子馅儿——简直——

雅各布递过一个甜滋滋……宾利不为所动。

    宾利
科瓦尔斯基先生，您想把什么
抵押给银行，做贷款的
担保品？

    雅各布
担保品？

    宾利
担保品。

雅各布满怀希望地指指他的糕点。

宾利
现在有了机器,
一个小时里就能做出
几百个甜甜圈——

雅各布
我知道,我知道,但那些东西
跟我的比不了——

宾利
银行要确保贷款不能有坏账,
科瓦尔斯基先生。
祝您今天愉快。

宾利按响桌上的铃,示意送客。

第12场
内景。银行柜台后面——片刻之后——白天

嗅嗅坐在一辆堆满钱袋的推车上,贪婪地把钱袋里的钱倒进它的口袋。纽特隔着防盗栅栏惊骇地注视着,一名警卫推着这辆车顺着走廊远去。

第 13 场
内景。银行，过道——片刻之后——白天

雅各布心灰意冷，退出宾利的办公室。他鼓鼓囊囊的口袋在颤动。惊讶之下，他把蛋掏出来，四处张望。

镜头转向嗅嗅，它仍然坐在推车上，此刻推车正被推进一部电梯。

镜头转向雅各布，他远远地看见纽特。

雅各布
嘿，英国先生！我想
你的蛋要孵出来了。

纽特焦急地看看雅各布，又看看正在关闭的电梯门，情急之下做出决定：他用魔杖指向雅各布。雅各布和蛋被魔力拽过银行大厅，扑向纽特。霎时间，他们已幻影移形。

蒂娜从柱子后面窥视，不敢相信这一幕。

第 14 场
内景。银行密室／楼梯——白天

纽特和雅各布突然越过出纳员和保安,在一个狭窄的楼梯井幻影显形,楼梯通向银行金库。

纽特轻轻从雅各布手里接过那个蛋,破壳而出的是一只蛇一般的蓝色小鸟——鸟蛇。纽特满脸赞叹地看着雅各布,期待对方也有同样的反应。

慢慢地,纽特拿着小鸟蛇走下楼梯。

雅各布

对不起……

雅各布完全被弄糊涂了,扭头顺着楼梯望望上面的银行大厅。看见宾利正在走来,他赶紧猫腰走下楼梯,不见了。

雅各布
（自言自语）
我刚才——是在那儿。我刚才——是在那儿?

第 15 场
内景。银行地下室走廊,通向金库——白天

雅各布的视角。纽特俯下身,打开箱子。他小心翼翼地放入刚孵出的鸟蛇,温柔地低语。

纽特
快跳进去……

雅各布(画外音)
你好?

纽特
不行。大家都安生点儿——
待着别动。杜戈尔,可别
逼我进来……

雅各布在走廊里移动,眼睛盯着纽特。

一个奇怪的绿色生物,既像竹节虫又像植物,从纽特的胸袋里探出脑袋,显得很好奇。是护树罗锅皮克特。

神奇动物在哪里

纽特
可别逼我下来。

纽特一抬头,看见嗅嗅正把身体挤进锁着的门缝,钻入中央金库。

纽特
这可绝对不行!

纽特抽出魔杖,指向金库。

纽特
阿拉霍洞开。

金库的锁和齿轮开始转动。

宾利拐过墙角,正好看见金库的门打开。

宾利
(对雅各布)
哦,原来你是打算
偷钱,嗯?

宾利按下墙上一个按钮。警报响起。纽特将魔杖瞄准……

纽特

统统石化!

宾利突然全身僵硬,仰面倒地。雅各布无法相信自己的眼睛。

雅各布

宾利先生!

金库的门敞开。

宾利先生

(处于瘫痪状态)

……科瓦尔斯基!

纽特迅速冲进金库。到了里面,他发现嗅嗅置身于几百个打开的保险箱中间,坐在大堆现金上。嗅嗅挑衅地瞪着纽特,同时又把一块金条使劲塞进已经十分鼓胀的口袋。

纽特

真要这样?!

纽特紧紧抓住嗅嗅,把它头朝下翻过来,拎着它的两条后腿抖动。一大堆金银珠宝哗啦啦地落下来,简直没完没了,数量之多令人惊讶。

神奇动物在哪里

纽特

（对嗅嗅）

不……

雅各布不敢相信地东张西望，恐惧得快要吐了。

纽特虽然跟嗅嗅有争执，但是很喜欢它。他笑嘻嘻地挠挠嗅嗅的肚子，让更多的钱币珠宝撒落出来。

楼梯上传来脚步声，几名持枪保安跑下来，冲进金库走廊。

雅各布

（惊慌失措）

哦，别……别……别开枪。
别开枪！

纽特迅速抓住雅各布，带上嗅嗅和箱子，一起幻影移形。

第16场
外景。银行旁边空寂的小巷——白天

纽特和雅各布在一条小巷幻影显形。银行里传出安全警

报，在小巷尽头，可见人群正在聚集，警察正在赶到。

蒂娜跑出银行，往下看去。她看见纽特拼命把嗅嗅塞回箱子，雅各布缩在墙边。

雅各布
啊！

纽特
最后一次警告你，
爱偷东西的讨厌鬼——不是你的，
爪子别抱着不放。

纽特合上箱子，扭头看着雅各布。

纽特
我对此万分抱歉——

雅各布
这是搞的什么鬼？

纽特
您不需要有任何担心。
可现在，不幸的是，
您看到的实在太多了，
所以如果不介意——

请原地站好——
只要一下就好。

纽特背对雅各布,寻找魔杖。雅各布抓住机会,拎起箱子,把它狠狠地抡向纽特,纽特被打倒在地。

雅各布

对不起——

雅各布匆匆逃命。

纽特捂着脑袋站了一会儿,看着雅各布的背影,雅各布急促地跑过小巷,汇入人群。

纽特

麻烦了!

蒂娜果断地顺着小巷走来。纽特打起精神,拎起箱子,装出若无其事的样子,面朝蒂娜走去。纽特经过蒂娜身边时,蒂娜一把抓住他的胳膊,幻影移形。

第17场
外景。银行对面的窄巷——白天

纽特和蒂娜在一处狭窄的砖砌小巷幻影显形。背景中仍能听见警笛声。

蒂娜气喘吁吁,感到匪夷所思,气冲冲地责问纽特。

     蒂娜
你是谁?

     纽特
抱歉,你说什么?

     蒂娜
你是谁?

     纽特
纽特·斯卡曼德。
你又是谁?

     蒂娜
你箱子里是什么东西?

     纽特
那是我的嗅嗅。

神奇动物在哪里

(指着蒂娜嘴唇上
仍然沾着的热狗芥末酱)
嗯,有什么东西沾在
你的——

蒂 娜
看在德里弗伦斯·戴恩
的分儿上,你把那东西
放跑了?

纽 特
我不是故意的——
它是屡教不改,你知道,
只要亮闪闪的东西,
它一定会——

蒂 娜
你不是故意的?

纽 特
不是。

蒂 娜
偏偏这个节骨眼儿上
放跑了生物,真会挑时候!
这儿现在是

原创电影剧本

紧急状态!
我要把你带走。

纽特

要把我带到哪儿去?

蒂娜拿出她的官方身份证件。上面有她的活动照片,和一个引人注目的美国鹰标志:MACUSA①。

蒂娜

美利坚合众国
魔法国会。

纽特

(紧张)

这么说,你为魔法国会工作?
具体做什么,
算是调查员吗?

蒂娜

(迟疑)

啊,嗯……

---

① 美国魔法国会(Magical Congress of the United States of America)的英语缩写。

她把身份证明塞回大衣口袋。

蒂娜

至少那个麻鸡,
你处理妥当了吧?

纽特

那个什么?

蒂娜

(变得焦躁)

那个麻鸡!不通魔法——
也不是巫师!

纽特

呃,抱歉,我们管他们
叫麻瓜。

蒂娜

(真正开始担忧)

他的记忆你抹掉了,是吧?
那个拎箱子的麻鸡?

纽特

嗯……

蒂娜

（惊愕）

第三条第一款，斯卡曼德先生。

我要把你带走。

她抓住纽特的胳膊，两人再次幻影移形。

神奇动物在哪里

原创电影剧本

第 18 场
外景。百老汇大街——白天

熙熙攘攘的街道上矗立着一座雕刻华丽、高耸入云的摩天大厦——伍尔沃斯大楼。

纽特和蒂娜顺着百老汇大街匆匆朝大楼走去,蒂娜拽着纽特的大衣袖子,几乎是拉着他走。

蒂娜
快走。

纽特
呃——抱歉,我还有事情

要做呢,是真的。

蒂娜
那我看,你要重新安排了!

蒂娜强行拉着纽特在车水马龙间穿行。

蒂娜
你来纽约
到底做什么呢?

纽特
我来买一件生日礼物。

蒂娜
难道不能在伦敦买吗?

他们来到伍尔沃斯大楼外。工作人员通过一个大转门进进出出。

纽特
不行,阿帕卢萨蒲绒绒的饲养者
世界上只有一位,
他恰好住在纽约,
所以不行……

原创电影剧本

蒂娜引导纽特走向一道边门，守门的警卫是一个穿斗篷式制服的男人。

蒂娜
(对警卫)
有人违反了第三条第一款。

警卫立刻把门打开了。

第19场
内景。伍尔沃斯大楼前台——白天

一个二十世纪二十年代的普通办公楼大堂，人们在这里逗留，闲聊。

蒂娜（画外音）
嘿！顺便告诉你，
我们一年前就让那家伙关张了。
纽约不允许饲养魔法生物。

摇摄镜头下，蒂娜带着纽特穿过那道门。他们进来时，整个门厅在魔法作用下从伍尔沃斯大楼变成了美利坚合众国魔法国会（MACUSA）。

第 20 场
内景。魔法国会大厅——白天

纽特的视角。他们走过一道宽阔的楼梯,进入正厅——一片气派非凡的宽敞空间,拱形屋顶高得不可思议。

一个巨大的转盘位于高处,有许多齿轮和盘面,盘面上刻着文字:**魔法暴露威胁等级**。转盘的指针指向严重:**无法解释的活动**。转盘后面挂着一幅令人生畏的肖像,是一位风度不凡的女巫:瑟拉菲娜·皮奎利,魔法国会主席。

猫头鹰飞舞盘旋,男女巫师穿着二十世纪二十年代的服装在忙碌工作。蒂娜领着一脸肃然起敬的纽特穿过忙乱的人群。几个巫师坐着排队,在等一个家养小精灵帮他们抛光魔杖,用的是一种复杂的羽毛装置。

纽特和蒂娜来到电梯前。门开了,里面是妖精侍者雷德。

雷德
嘿,戈德斯坦。

原创电影剧本

> **蒂娜**
> 嘿,雷德。

蒂娜把纽特推进电梯。

第 21 场
内景。电梯——白天

> **蒂娜**
> (对雷德)
> 我们去重案调查司。

> **雷德**
> 我还以为你已经——

> **蒂娜**
> 去重案调查司。
> 有人违反了
> 第三条第一款!

雷德用一根带爪子的长棍子,捅了捅他头顶上的电梯按钮。电梯开始下降。

神奇动物在哪里

第 22 场
内景。重案调查司——白天

镜头拉近一张报纸——《纽约幽灵报》，大标题是：**魔法乱流威胁暴露巫师界。**

魔法国会一群高级别的傲罗聚集在一起讨论严肃问题。其中有格雷维斯，他正在仔细研读报纸，因为昨夜遭遇那股奇怪的力量，此刻他脸上伤痕累累。在场的还有瑟拉菲娜·皮奎利主席。

皮奎利女士
国际巫师联合会
已经威胁说要派代表团来。
他们认为此事件跟格林德沃
在欧洲的袭击有关。

格雷维斯
我当时在场。是魔法生物。
没有哪个人类有那种能力，
主席阁下。

原创电影剧本

皮奎利女士（画外音）

不管是什么,有一点
可以肯定——必须阻止它。
它会吓到麻鸡。
麻鸡感到恐惧,就会攻击。
那就意味着暴露。
意味着可能的战争。

听到脚步声,人群转过头看见蒂娜,她领着纽特小心翼翼地走近。

皮奎利女士

（愤怒但克制）

你的情况我说得很明确了,
戈德斯坦小姐。

蒂娜

（害怕）

是的,主席阁下,
可我——

皮奎利女士

你不再是傲罗了。

蒂娜

不是了,主席阁下,可是——

皮奎利女士

戈德斯坦。

蒂娜

这里出了一点儿小——

皮奎利女士

我说,这间办公室
现在只供讨论非常重大的
突发事件。出去吧。

蒂娜

（感到羞愧）

是,阁下。

蒂娜推着一脸困惑的纽特转身走向电梯。格雷维斯看着他们的背影,他是在场唯一显出同情的人。

第 23 场
内景。地下室——白天

电梯在长长的电梯井里迅速下降。

电梯门打开,外面是一个狭窄、憋闷、没有窗户的地下室房间。跟上面楼层形成令人痛苦的反差。显然这里是废物们工作的地方。

蒂娜领着纽特经过一百台打字机,它们无人操纵,噼噼啪啪自动打字,纵横交错的玻璃管道从上面的天花板垂下来。

每一份备忘录或表格被打字机完成,就自动折叠成一只老鼠,通过相应的管道匆匆爬向上面的办公室。两只老鼠撞在一起,开始打斗,把对方撕得粉碎。

蒂娜走向房间昏暗的一角。那儿挂着一个牌子:**魔杖许可办公室**。

纽特低头从下面走过。

第24场
内景。魔杖许可办公室——白天

魔杖许可办公室只比储藏室略大一点儿。里面有一堆堆未打开的魔杖申请。

神奇动物在哪里

蒂娜停在一张办公桌后,脱掉大衣,摘下帽子。她想在纽特面前挽回一点面子,便显出公事公办的样子,忙着处理文件。

蒂娜

那么,你拿到
持魔杖许可了吗?
所有来纽约的外国人
都必须有。

纽特

(没说实话)

几星期前我就
通过邮政方式申请了。

蒂娜

(此刻坐在办公桌上,
在写字板上潦草记录)

斯卡曼德……

(发现他非常可疑)

你刚去过赤道几内亚?

纽特

我才完成为期一年的实地考察。
我正在写一本书,
是关于魔法生物的。

原创电影剧本

蒂娜

是那种——
"灭绝生物指南"?

纽特

不是。我想写这本书
帮助人们明白,
为什么应该保护这些生物,
而不是杀死它们。

阿伯内西(画外音)

戈德斯坦!她人呢?
她人呢?戈德斯坦!

蒂娜猫腰藏在办公桌后,纽特觉得很好笑。

阿伯内西走了进来,他是个高傲自大、不知变通的官员。
他立刻发现蒂娜藏在哪里。

阿伯内西

戈德斯坦!

蒂娜一副心虚的样子,慢慢从桌子后面钻出来。

阿伯内西

你是不是又去

神奇动物在哪里

调查组管闲事了?

蒂娜刚想替自己辩护,阿伯内西继续说道——

阿伯内西

你上哪儿去了?

蒂娜

(尴尬)

什么……?

阿伯内西

(对纽特)

她在哪儿抓着你的?

纽特

我?

纽特迅速望向蒂娜,蒂娜摇摇头,表情十分急迫。纽特支吾不答——他和蒂娜之间达成了一种默契。

阿伯内西

(没有获得情报心生恼怒)

你是不是又去跟踪"第二塞勒姆"了?

原创电影剧本

蒂娜
当然不是,长官。

格雷维斯拐过墙角走进来。阿伯内西立刻没了底气。

阿伯内西
下午好,格雷维斯先生,长官!

格雷维斯
下午好,呃——阿伯内西。

蒂娜走向前,刻板地跟格雷维斯说话。

蒂娜
(语速很快,急于让对方听到她的话)
格雷维斯先生,长官,这位是
斯卡曼德先生——他的箱子里
有一个非常疯狂的生物,
逃了出来,
在银行大肆破坏,先生。

格雷维斯
让我看看那小家伙。

蒂娜松了口气,终于有人听她说话了。纽特想说什么——他看上去非常紧张,那情绪似乎不是一只嗅嗅能带来的——但是格雷维斯没有理会他。

蒂娜戏剧性地把箱子放在一张桌子上,猛地打开盖子。看到里面的东西,她一脸惊骇。

镜头转向箱子里的东西——满满一箱糕点。

纽特走上前,神色紧张。看到箱子里的东西,他显得非常惊恐。格雷维斯一脸迷惑,随即微微露出不屑的笑容——蒂娜又犯了一个错误。

格雷维斯
蒂娜……

格雷维斯走开。纽特和蒂娜面面相觑。

第 25 场
外景。下东区街道——白天

雅各布拎着箱子,大步走在阴暗的街上,经过手推车、破烂小店和年久失修的公寓楼。他总是不安地回头张望。

第 26 场
内景。雅各布的房间——白天

一间脏兮兮的小屋,家具寒酸而破旧。

镜头拉近箱子,雅各布把它扔在床上。他抬头看着挂在墙上的祖母的照片。

雅各布
实在对不起,祖母。

雅各布在桌旁坐下,双手托住脑袋,疲倦而沮丧。在他身后,箱子的一个锁扣突然弹开。雅各布转过身……

他坐到床上,仔细打量箱子。第二个锁扣也自动弹开,箱子开始晃动,发出凶猛的野兽般的声音。雅各布慢慢后退。

他小心翼翼地探身上前……突然,箱盖弹开,蹿出一只莫特拉鼠——样子类似老鼠,后背上长着银莲花般的东西。雅各布拼命扑打,用两只手死死抓住不断挣扎的莫特拉鼠。

镜头快速转向箱子,它再次弹开,一个看不见的生物冲出来,撞上天花板,然后破窗而出。

莫特拉鼠猛扑过来，咬住雅各布的脖子，雅各布撞坏家具，摔倒在地板上。

房间剧烈摇晃，挂着雅各布祖母照片的墙壁出现裂缝，随即爆裂，有更多的生物逃了出去，逃到观众视线之外。

第27场
内景。第二塞勒姆教堂，正厅——白天——蒙太奇

一座昏暗的木质结构教堂，窗户暗淡无光，高处有个夹层阳台。莫迪丝蒂独自在玩跳房子游戏，在粉笔画的格子之间跳进跳出。

莫迪丝蒂
我妈妈，你妈妈，
要去抓女巫。
我妈妈，你妈妈，
挥舞小棒子。
我妈妈，你妈妈，
女巫从不哭。
我妈妈，你妈妈，
女巫必须死！

她唱的时候，可见教堂里摆满了该组织的宣传品——宣传玛丽·卢运动的传单，以及该组织的一面反巫术的大幅旗帜。

第 28 场
内景。第二塞勒姆教堂，正厅——白天

一只鸽子停在高高的窗口咕咕地叫着。克莱登斯走上前，凝神望着鸽子，然后面无表情地拍拍手。鸽子飞走了。

镜头跟随卡斯提蒂在教堂里走动，她打开两扇高大的门，外面是街道。

第 29 场
外景。第二塞勒姆教堂，后院——白天

卡斯提蒂从教堂出来，摇响一个很大的用餐铃。

原创电影剧本

第 30 场
内景。第二塞勒姆教堂,正厅——白天

莫迪丝蒂继续玩跳房子。克莱登斯停住,目光越过她望向大门。

> **莫迪丝蒂**
> 女巫第三号,
> 　看她被烧死。
> 女巫第四号,
> 　鞭子抽她转。

孩子们拥进教堂。

镜头切换。酱色的汤舀出来分给孩子们,他们互相推搡,想往队伍前面挤。玛丽·卢系着围裙,在一旁赞许地看着,从这一小群孩子中间挤过去。

> **玛丽·卢**
> 拿好传单再吃饭,
> 孩子们。

几个孩子转向卡斯提蒂,她拘谨地等着,一边分发活动

传单。

镜头切换。玛丽·卢和克莱登斯舀汤分给孩子们,克莱登斯专注地凝视每一张脸。

一个脸上有胎记的男孩排到队伍前面。克莱登斯停住手,注视着他。玛丽·卢伸手摸摸男孩的脸。

     男孩
  这是巫师的标记吗,女士?

     玛丽
  不是。他没问题。

男孩接过汤离开。继续分汤时,克莱登斯仍在凝视他的背影。

第 31 场
外景。下东区繁忙的街道——下午

镜头拉近一只比利威格虫——一种蓝色小动物,头顶上有直升机般的翅膀——在街道高空飞舞。

蒂娜和纽特在街上走,蒂娜拎着箱子。

蒂娜

(几近落泪)

真不敢相信
你没对那人施遗忘咒!
要是有人质询,我就完了!

纽特

为什么是你完了?
我才是那个——

蒂娜

我本来不该接近
第二塞勒姆的!

比利威格虫嗡嗡地飞过他们头顶。纽特急转身子,注视着它,神色惊惧。

蒂娜

那是什么?

纽特

呃——飞蛾,我想是。大飞蛾。

蒂娜觉得这个解释很可疑。他们拐过街角,发现一群人

神奇动物在哪里

围在一座坍塌的楼房前。有人在喊,有人匆忙从楼房里疏散出来。一名警察站在人群中间,被满腹牢骚的公寓住户们纠缠。

镜头跳切。纽特和蒂娜从人群的外围绕过。后方,一个醉醺醺的流浪汉想吸引警察的注意。

警察

嘿——嘿——都安静!
我在给证人做笔录……

家庭主妇

……我告诉你啊,
又是一次煤气爆炸,
我可不会带孩子回去,
除非安全了。

警察

抱歉,女士——
可闻不到煤气味儿。

流浪汉

(醉醺醺)

不是煤气——嘿,
警官,我看见了!——
是个大家伙——庞然大物——

——一头大河马树熊猴——

蒂娜正抬头看被毁坏的楼房,没有注意到纽特从衣袖里抽出魔杖,指向流浪汉。

流浪汉
——煤气。就是煤气。

周围的人纷纷同意他的说法。

众人
煤气……就是煤气!

蒂娜再次看见比利威格虫。纽特利用她的分神,快步跑上金属楼梯,进入被毁坏的公寓楼。

第32场
内景。雅各布的房间——下午

纽特走进雅各布的房间,停住脚,瞪大眼睛:房间里一片狼藉。脚印,被毁坏的家具,破碎的玻璃。更糟糕的是,对面墙上有个巨大的洞——某个庞然大物曾经破墙而出。只听墙角传来雅各布的呻吟。

第33场
外景。公寓楼的街道——下午

镜头切回至蒂娜,她转过头,意识到纽特已从人群里消失。

第34场
内景。雅各布的房间

纽特跪在雅各布身边,雅各布仰面躺着,双目紧闭,不住地呻吟。纽特想仔细察看雅各布脖子上一个红色的小咬痕,但雅各布神志不清地一次次把他推开。

      蒂娜(画外音)
   斯卡曼德先生!

镜头切换至蒂娜,她果断地跑上雅各布住处的楼梯。

镜头切回至纽特,情急之下,他施了一个修复咒。就在蒂娜进屋前的一刹那,房子修复如初,墙壁也修好了。

第 35 场
内景。雅各布的房间——下午

蒂娜匆匆进屋,发现纽特坐在床上,强作镇静,看上去一脸无辜。他平静地锁上箱子的弹簧锁。

> **蒂娜**
> 箱子打开过?

> **纽特**
> 就一条缝而已……

> **蒂娜**
> 那只疯狂的嗅嗅,
> 难道又逃出来了?

> **纽特**
> 呃——可能吧——

> **蒂娜**
> 那就找回来!找啊!

雅各布呻吟。

神奇动物在哪里

蒂娜扔下雅各布的箱子,径直冲向受伤的雅各布。

蒂娜

(为雅各布担忧)

他脖子在流血,他受伤了!
醒醒!麻鸡先生……

趁蒂娜转过身的时候,纽特朝门口挪动。突然,蒂娜发出嘶哑的尖叫,只见莫特拉鼠从柜子底下蹿出来,紧紧抓住她的胳膊。纽特猛地转身,抓住莫特拉鼠的尾巴,扭打着把它塞进箱子。

蒂娜

看在梅西·刘易斯的分儿上,
那是什么?

纽特

没什么可担心的。
那是一只莫特拉鼠。

他们俩都没注意,雅各布睁开了眼睛。

蒂娜

你那里面还有些什么?

雅各布
（认出纽特）

是你！

纽特

你好。

蒂娜

放松，您是——

雅各布

科瓦尔斯基……雅各布……

蒂娜抓住雅各布的手握了握。

纽特举起魔杖。雅各布害怕地缩起身子，紧紧抓住蒂娜，蒂娜挡在他面前保护他。

蒂娜

你不能给他施遗忘咒！
我们需要他当证人。

纽特

很抱歉——走了大半个纽约
你一直朝我吼，
说我该早点施遗忘咒……

蒂娜

他受伤了！看起来不好！

纽特

会好起来的。莫特拉鼠咬伤
不会太严重。

纽特收起魔杖。雅各布在墙角干呕，蒂娜怀疑地看着纽特。

纽特

我承认比我见过的
反应强烈一点儿。
可要是真的很严重——
他就已经……

蒂娜

什么？

纽特

怎么说呢，第一个症状是
肛门向外冒火花——

雅各布吓坏了，赶紧去摸裤子后裆。

蒂 娜

简直乱透顶了!

纽 特

最多也就持续四十八小时!
我能把他留下,
如果你愿意——

蒂 娜

留下他,啊?
他们不能留!
斯卡曼德先生,你对
巫师群体在美国的情况
了解多少?

纽 特

有些事还是知道的,
其实。
我知道涉及不会魔法的人,
你们的法律很落后。
不允许跟他们做朋友。
不能跟他们结婚,
我觉得有些荒唐。

雅各布听着他们的对话,目瞪口呆。

蒂娜

谁会想要嫁给他？
你们俩都跟我走——

纽特

我不明白我为什么
要跟你走——

蒂娜想把神志并未完全清醒的雅各布从地板上拖起来。

蒂娜

搭把手！

纽特不得不上前帮忙。

雅各布

我是……我是在做梦，对吧？
没错……我累了，我根本
没去银行。这一切
全都是场大噩梦，
对吧？

蒂娜

对你我来说都是，
科瓦尔斯基先生。

蒂娜和纽特带着雅各布幻影移形。

镜头对准重新挂在墙上的雅各布祖母照片。最后，照片微微晃动几下，掉了下来，露出墙上的一个洞，洞里藏着嗅嗅。

神奇动物在哪里

原创电影剧本

第 36 场
外景。上东区——下午

一个小男孩手里抓着一根大棒棒糖,被父亲领着走在繁忙的街道上。他们经过水果摊时,一个苹果突然浮到空中,跳动着跟在男孩身边。男孩惊讶地盯着苹果,眼睁睁地看着它被某个看不见的东西吃掉,接着,男孩手里的棒棒糖被那双隐形的手夺走,他脸上的笑容消失了。

报摊前,广告上一位女士的眼睛扑扇着睁开。一只动物的轮廓浮现出来,如同保护色一般,随即从广告上脱离。它在街上移动,又归为隐形,只能通过它手里的棒棒糖

确定它的位置,棒棒糖仿佛悬在半空。一条狗朝它那边汪汪叫,隐形生物急促地往前走,撞翻了几个报摊,使几辆自行车和汽车急拐到一边。

镜头转向一个百货公司的楼顶——在一个阁楼小窗户里,可见一条细细的蓝尾巴在摆动。突然,动物的身体迅速膨胀,填满整个房间,大楼开始摇晃,瓦片纷纷震落。

第37场
内景。肖氏报业大楼——黄昏

富丽堂皇、装潢华丽的传媒帝国总部。多名记者在一个外间办公室专心工作。

电梯门打开,兰登·肖兴奋地匆匆穿过房间,后面领着第二塞勒姆的人。他手里拿着地图、几本旧书和一些照片。

玛丽·卢镇静自若,卡斯提蒂神色腼腆,莫迪丝蒂既兴奋又好奇。克莱登斯看上去很紧张——他不喜欢人群。

兰登
……这就是新闻编辑部。

兰登兴奋地转过身,急于让第二塞勒姆的人看到他在这里有权威。

> **兰登**
> 我们走!

兰登在办公室绕行,对几位工作人员说话。

> **兰登**
> 嗨,你们好吗?
> 让巴瑞波恩家的人过一下!
> 现在,他们正要把报纸付印,
> 这是他们的行话。

记者们掩饰着觉得好笑的神情,兰登领着那群人走向开放式区域尽头的一道双开门。老亨利·肖先生的助理巴克尔不安地站起身。

> **巴克尔**
> 肖先生,先生,
> 他和参议员在一起——

> **兰登**
> 没关系,巴克尔,
> 我想见我父亲!

兰登推挤过去。

第 38 场
内景。老肖先生的顶层办公室——黄昏

一间宽敞、气派的办公室,窗外是全城景色,十分壮观。报业大亨老亨利·肖先生正在与他的长子肖参议员谈话。

> **肖参议员**
> ……我们完全可以
> 把那批船买下来……

门突然打开,出现在门口的是神情烦恼的巴克尔和满脸兴奋的兰登。

> **巴克尔**
> 非常抱歉,肖先生,
> 您儿子非要进来——

> **兰登**
> 父亲,你一定很想
> 听听这个。

兰登走向父亲的办公桌,开始把照片摊开。可以认出其中一些画面:影片开头那些被摧毁的街道。

兰登
我弄到了一个重大新闻!

老肖先生
你哥哥和我在忙着呢,
兰登。正在计划
他的竞选活动。
没时间听你说。

玛丽·卢、克莱登斯、卡斯提蒂和莫迪丝蒂走进办公室。老肖先生和肖参议员吃惊地看着众人。克莱登斯垂头站立,显得窘迫不安。

兰登
这位是玛丽·卢·巴瑞波恩,
来自"新塞勒姆慈善协会"。
她想告诉你
一个惊天消息!

老肖先生
哦,她有消息,是吗?

神奇动物在哪里

兰登
纽约市里到处都弥漫着
奇怪的事情。
而事件背后的人——
既不像你也不像我。
这是巫术,没看出来吗?

老肖先生和参议员显得将信将疑——他们对兰登鲁莽的小计划和兴奋点早已习以为常。

老肖先生
兰登。

兰登
她不是冲着钱来的。

老肖先生
要么她的故事毫无价值,
要么她就是对要价撒了谎。
没人会免费透露
任何有价值的东西。

玛丽·卢
(自信,有说服力)
您说得对,肖先生。
我们想要的

原创电影剧本

绝对比现金更有价值。
那就是您的影响力。
数百万的人
阅读您的报纸，
而他们需要知道
这一事件的危险性。

兰登

地铁里出现了
疯狂的乱流——
看看这些照片！

老肖先生

我更希望你和
你的朋友离开。

兰登

不，您会错失新闻良机。
就看一眼证据——

老肖先生

真的吗？

肖参议员

（走到父亲和弟弟身边）
兰登，听父亲的话，

走吧。

他转移目光,盯住克莱登斯。

肖参议员
还有,把这些怪物也一起带走。

克莱登斯受到近旁的怒气干扰,明显抽搐了一下。玛丽·卢神态平静而强硬。

兰登
这是父亲的办公室,
不是你的,我受够了
每次走进这里……

老肖先生让儿子闭嘴,示意巴瑞波恩家的人离开。

老肖先生
到此为止。谢谢。

玛丽·卢
(平静,不失风度)
我们希望您会重新考虑,
肖先生。我们也并不难找。
在那之前,感谢您
宝贵的时间。

原创电影剧本

老肖先生和参议员注视着玛丽·卢转身,领着孩子们离开。新闻编辑部一片寂静,每个人都在伸长脖子听这番争执。

克莱登斯离开时,掉落一张传单。肖参议员上前俯身把它捡起。他扫了一眼传单上的女巫。

肖参议员
（对克莱登斯）

嘿,小子!
你掉了东西。

议员把传单揉成一团,塞进克莱登斯手里。

肖参议员

拿好了,怪物——
干吗不扔进垃圾桶,
你们都属于那儿。

在克莱登斯身后,莫迪丝蒂眼里冒出怒火。她抓紧克莱登斯的手,想要保护他。

第 39 场
外景。褐砂石街——不久之后——黄昏

蒂娜和纽特在状态不佳的雅各布两边扶他走稳。

蒂娜

> 这里右转……

雅各布发出各种干呕的声音,显然,脖子上的咬痕对他影响越来越大。

三人拐过街角,蒂娜匆匆让他们藏到一辆大修理车后。她从那儿窥视马路对面的一栋房子。

蒂娜

> 好了——进去之前,
> 我把话说清楚——
> 我本不该带男人回公寓的。

纽特

> 既然这样,科瓦尔斯基先生
> 和我很容易就能找到
> 其他住处——

蒂娜

> 哦,不行,不行!

原创电影剧本

蒂娜迅速抓住雅各布的胳膊,拉他穿过马路,纽特尽责地跟在后面。

      蒂娜
 注意台阶。

第40场
内景。戈德斯坦住所,楼梯井——黄昏

纽特、蒂娜和雅各布蹑手蹑脚上楼。刚走到二楼平台,房东埃斯波西托太太喊了起来。三人顿时呆住不动。

     埃斯波西托太太(画外音)
 是你吗,蒂娜?

      蒂娜
 是我,埃斯波西托太太!

     埃斯波西托太太(画外音)
 就你一个人?

      蒂娜
 我向来一个人,

埃斯波西托太太!

停顿。

第 41 场
内景。戈德斯坦住所,客厅——黄昏

三个人走进戈德斯坦的公寓。

公寓虽然贫寒,但因为日常的魔法而焕发生机。一个熨斗在墙角自动工作,一个晾衣架在炉火前笨拙地自动旋转,把各式各样的内衣烘干。到处散落着杂志:《女巫之友》《女巫私语》和《今日变形术》。

金发美女奎妮,有史以来最漂亮的穿女巫袍的姑娘,身着丝绸衬裙站在那儿,监督套在服装模型上的一件长裙自行缝制。雅各布万分惊愕。

纽特几乎没有注意。他迫不及待地想尽快离开,开始频频朝窗外张望。

奎妮
蒂妮——你带男人回家了?

蒂娜
先生们,这是我妹妹。
不想再穿点儿什么吗,
奎妮?

奎妮
(漫不经心)

哦,当然——

她用魔杖在服装模型上一扫,被魔法控制的长裙自动套到奎妮身上。雅各布目瞪口呆地注视着这一幕。

蒂娜无精打采,开始收拾公寓。

奎妮
那么,他们是谁?

蒂娜
那是斯卡曼德先生。
他严重触犯了
《国家保密法》——

奎妮
(惊叹)

他是犯罪分子?

蒂娜

——嗯哼,这位是
科瓦尔斯基先生,是个麻鸡——

奎妮

(突然开始担忧)

他是麻鸡?蒂妮——
你这是在干吗?

蒂娜

他病了——说来话长——
斯卡曼德先生
丢了点儿东西,
我得帮他找回来。

雅各布突然站立不稳,大汗淋漓,很不舒服。奎妮跑到他身边,蒂娜在近旁徘徊,忧心忡忡。

奎妮

(雅各布仰面倒在沙发上)

你需要坐下来,亲爱的。
嘿——
   (读他的想法)
——他这一天什么都没吃。
而且——
   (读他的想法)

> ——啊，真是可怜，
> （读他的想法）
> ——他没拿到贷款
> 开他的烘焙店。你烤面包，
> 亲爱的？我喜欢做吃的。

纽特站在窗边注视着奎妮，他对科学的关注被激起。

纽 特

你能摄神取念？

奎 妮

嗯，对呀。
但碰到你们总有点麻烦。
英国佬。口音问题。

雅 各 布

（明白过来，感到震惊）
你知道怎么读人的想法？

奎 妮

哦，别担心，亲爱的。
大部分男人跟你刚才想的一样，
尤其是头一回见到我。

奎妮玩笑地用魔杖指指雅各布。

奎妮

现在嘛,你需要吃的。

纽特朝窗外眺望,看见一只比利威格虫飞过——他紧张,焦躁,急于出去寻找他的动物。

蒂娜和奎妮在厨房忙碌。各种配料从厨柜里飘出,奎妮用魔法把它们变成一顿美餐的组成部分——胡萝卜和苹果自动切碎,面糊自动卷起,平底锅自动搅拌。

奎妮
(对蒂娜)
热狗……又吃啊?

蒂娜
别读我的想法!

奎妮
午餐这么吃对健康不好。

蒂娜用魔杖指着厨柜。盘子、各种餐具和酒杯飞出来,蒂娜用魔杖轻点几下,它们便在桌上自动摆好。雅各布半是痴迷、半是惊恐地走向餐桌,脚步踉跄。

镜头转向纽特,他的手握住了门把手。

奎妮

（天真）

嘿，斯卡曼德先生，
喜欢派还是果馅卷？

大家都看着纽特，他窘迫不安，松开了门把手。

纽特
我并没有什么偏好。

蒂娜盯着纽特，带着挑衅，同时也有失望和受伤的情绪。

雅各布已在桌旁落座，正把餐巾掖进衬衫。

奎妮

（读雅各布的想法）

你喜欢果馅卷，嗯，
亲爱的？那就果馅卷。

雅各布兴致勃勃地点点头。奎妮高兴得露齿而笑。

奎妮魔杖一挥，葡萄干、苹果和面饼都飞到空中，混合在一起，整整齐齐地叠成一个圆柱形馅饼，原地烘烤，最后加上华丽的装饰品，撒上糖霜。雅各布深深吸了口气：美味极了。

蒂娜点亮桌上的蜡烛——晚餐准备就绪。

镜头对准纽特的口袋,小小的、吱吱叫的皮克特探出头来,满脸好奇。

蒂娜
> 好了,坐吧,
> 斯卡曼德先生,
> 我们不会给你下药的。

纽特仍在门边徘徊,但似乎被眼前的场景迷住了。雅各布用意味深长的目光瞪着他,希望他坐下。

原创电影剧本

神奇动物在哪里

第 42 场
外景。百老汇大街——夜晚

克莱登斯独自走在世俗的人群中，其中多半是深夜在外吃饭和看戏的人。车辆呼啸而过。他想散发传单，但人们只是对他报以怀疑和淡淡的嘲笑。

伍尔沃斯大楼在前面赫然出现。克莱登斯朝它看了一眼，目光中隐约带着渴望。格雷维斯站在大楼外，专注地注视着克莱登斯。克莱登斯看见他，脸上顿时闪过希望。克莱登斯如痴如醉地穿过马路，走向格雷维斯，几乎没有看路——他把一切皆忘至脑后。

第 43 场
外景。小巷——夜晚

克莱登斯垂头站在光线昏暗的小巷尽头。格雷维斯走过来，凑得很近对他低语，语气诡秘。

> **格雷维斯**
> 你很难过。又是你母亲。
> 肯定有人又说了什么——
> 他们怎么说的？告诉我。

> **克莱登斯**
> 你觉得我是个怪物吗？

> **格雷维斯**
> 不——我觉得你是个
> 非常特别的年轻人，
> 不然我也不会叫你帮我，
> 是不是？

停顿。格雷维斯把一只手放在克莱登斯的胳膊上。与另一人的肌肤相触似乎使克莱登斯感到既惊愕又痴迷。

格雷维斯

有什么新消息吗?

克莱登斯

我还在找。格雷维斯先生,
只要我知道那究竟是女孩
还是男孩——

格雷维斯

我只看到那孩子
有极其强大的力量。
不论是男是女,
都不超过十岁。
我看见那孩子离你母亲很近——
你母亲我看得十分清楚。

克莱登斯

谁都有可能,
有几百个孩子呢。

格雷维斯的嗓音变得温和——他令人着迷,给人抚慰。

格雷维斯
我还看见了别的。
那些我一直没告诉你。
我看见你跟我并肩站在一起,
在纽约。只有你
能得到这孩子的信任。
你就是关键——我看见了。
你想加入巫师的世界。
而那些我也想要,克莱登斯。
我都是为了你。所以,
找到那个孩子。
找到孩子,
我们就都自由了。

第44场
内景。戈德斯坦住所,客厅——半小时后——夜晚

纽特箱子的锁扣突然弹开。纽特伸手把它关上。

雅各布吃饱肚子,状态略有好转。他和奎妮相处十分融洽。

奎妮
工作一点儿也不光鲜靓丽,

差不多整天都在煮咖啡,
施魔法疏通盥洗室……
蒂娜才是职业女性。
　　　　　（读他的想法）
不是。我们是孤儿。
爸妈得龙痘死了,
那会儿我们还小。哇……
　　　　　（读他的想法）
你真贴心。
可我们互相照顾!

雅各布

能不读我的想法吗,
就一下?请别误会——
我很喜欢。

奎妮咯咯笑了,很高兴,她被雅各布迷住了。

雅各布

这顿饭——简直好吃极了!
我就干这个的——是个厨子,
而这简直,简直就是
我这辈子吃过的
最好吃的了。

奎妮
（笑出声）

哦，你嘴真甜！
我还从没
跟麻鸡真正聊过天呢。

雅各布

真的吗？

奎妮和雅各布凝视着对方的眼睛。纽特和蒂娜相对而坐，面对那两人的含情脉脉，他们尴尬地保持沉默。

奎妮
（对蒂娜）

我没在戏弄他！

蒂娜
（窘迫）

我只是说——
别用情太深了，
他一定会被施遗忘咒的！
（对雅各布）
不是针对你。

雅各布突然又变得脸色煞白，大汗淋漓，但在奎妮面前仍努力保持自己的形象。

奎妮

(对雅各布)

哦,嘿,没事吧,亲爱的?

纽特敏捷地从桌旁起身,尴尬地站在他的椅子后面。

纽特

戈德斯坦小姐,我想
科瓦尔斯基先生今晚要早些休息。
而且,你我明天早上
也必须早起去找我的嗅嗅,
所以——

奎妮

(对蒂娜)

嗅嗅是什么?

蒂娜显得很心烦。

蒂娜

别问了。
  (朝里面一个房间走去)
嘿,你们俩在这里
将就一晚吧。

原创电影剧本

第 45 场
内景。戈德斯坦住所,卧室——夜晚

两位男士被安顿在两张整洁的单人床上。纽特固执地侧身朝里躺着,雅各布坐在床上,努力想看懂一本魔法书。

蒂娜穿着带花纹的蓝色睡衣,试探性地敲敲门,用托盘端着两杯热可可走进来。杯子在自动搅拌——雅各布再次深深着迷。

     蒂娜
  我想你们可能
  想喝杯热饮。

蒂娜小心地把杯子递给雅各布。纽特仍然侧着身,假装睡着,蒂娜有点扫兴,把他的杯子重重地放在床头柜上。

     雅各布
  嘿,斯卡曼德先生——
    (对纽特,想让他表现得友好些)
  看,热可可!

纽特没有动弹。

神奇动物在哪里

蒂娜

(恼怒)

洗手间,顺着走廊往右拐。

雅各布

谢谢……

蒂娜关门时,雅各布瞥见另一个房间里的奎妮,穿着一身远不够端庄的便袍。

雅各布

非常感谢……

门刚关上,纽特一跃而起,身上仍穿着大衣。他把箱子放在地板上,打开箱子,钻进去,随即彻底消失,雅各布极为惊讶。

雅各布发出一声短促的惊叫。

纽特的一只手从箱子里伸出,迫切地招呼雅各布。雅各布瞪着眼睛,呼吸粗重,拼命想弄清状况。

纽特(画外音)

快来。

雅各布鼓起勇气，从床上下来，走进纽特的箱子。腰身被卡住，他努力把自己往里塞，箱子被他带得上下跳动。

雅各布

拜托……

雅各布绝望地最后一跳，瞬间消失在箱子里，箱盖随即啪地合上。

神奇动物在哪里

第 46 场
内景。纽特的箱子——片刻之后——夜晚

雅各布乒乒乓乓地摔下箱子的台阶,一路撞在各种物件、器皿和瓶子上。

他发现自己落进一个小木棚屋,屋里有一张行军床,热带服装,还有挂在墙上的各种工具。木柜里有绳索、网和采集罐。桌子上有一台很旧的打字机、一堆手稿和一本中世纪动物图鉴。搁架上摆着一排盆栽植物。各种药片、药丸、注射管和药水瓶组成一个药品柜,墙上钉着

神奇动物在哪里

笔记、地图、图画和几幅奇异动物的活动照片。一个钩子上挂着一具风干的动物尸体。墙根靠着几麻袋饲料。

纽特
(看了雅各布几眼)
你能坐下吗?

雅各布重重地坐在一个板条箱上,箱子上有手写的标签:月痴兽颗粒饲料。

雅各布
好主意。

纽特上前查看雅各布脖子上的咬痕——用眼睛迅速一扫。

纽特
啊,肯定是莫特拉鼠咬的。
你一定特别敏感。
瞧,你是麻瓜,
所以我们的生理机能
稍微有点儿不一样。

纽特在工作台边忙碌,用植物和各种瓶子里的东西制成一种药糊,飞快地敷在雅各布的脖子上。

雅各布

呃哦……

纽特

不要动。好的,
这样应该不再出汗了。
　　　　(递给他几片药)
再吃这个,就不会
抽搐了。

雅各布怀疑地看着手里的药片。最后,他断定自己没什么可损失的,把药吞了下去。

镜头转向纽特,他已经脱掉马甲,解开领结,松下背带。他拿起一把切肉刀,从大具尸体上砍下一块块肉,扔进一个桶里。

纽特
　　　　(把桶递给雅各布)
给,拿好。

雅各布一脸厌恶。纽特没有留意,此刻他的注意力全在一个带刺的卵囊上,他开始慢慢地挤卵囊。随着他的挤压,卵囊射出一种发光的毒液,纽特将其收集在玻璃瓶里。

纽特

（对卵囊）

再来点儿……

雅各布

你拿的是什么？

纽特

噢，这个——当地人
叫它"蜷翼魔"——
听名字不太友善。
很灵活的小家伙。

似乎是为了示范，纽特晃了一下卵囊，卵囊突然散开，优美地从他的手指上悬挂下来。

纽特

我一直在研究它。
而且我很肯定
它的毒液相当有用，
只要适当稀释。
能去除那些不好的记忆。

突然，纽特把蜷翼魔朝雅各布扔去。动物从卵囊里蹿出——模样酷似蝙蝠，色彩绚丽，浑身是刺——冲着雅各布的脸吼叫，纽特随即把它招了回去。雅各布夸张地

缩成一团,但纽特显然认为这只是个小玩笑……

纽特

(暗自微笑)

不过,最好
别在这儿把它放出来。

纽特打开棚屋的门,走了出去。

纽特

走吧。

雅各布完全惊得不知所措,跟着纽特出了棚屋。

第 47 场
内景。纽特的箱子,动物区——白天

箱子的边缘隐约可见,但空间已膨胀成一个小飞机坪那么大。里面像是一个小型野生动物园。纽特的每一种动物都有自己完美的、魔法造就的栖息地。

雅各布踏入这个世界,惊讶得无以复加。

神奇动物在哪里

纽特站在最近的那个栖息地——一片亚利桑那沙漠。这片区域有一只威风凛凛的雷鸟弗兰克,这种动物貌似巨大的信天翁,翅膀上有云和太阳般的图案,绚丽多彩。它的一条腿被擦伤了,血迹斑斑,显然先前被链子锁过。雷鸟扇动翅膀时,它的栖息地里顿时电闪雷鸣、大雨倾盆。纽特用魔杖变出一把魔法伞,给自己挡雨。

纽特
(注视着高空的弗兰克)

快点……你快下来……

下来……来吧。

弗兰克慢慢平静,降落下来,站在纽特面前一块大岩石上。大雨也随之停止,天空中出现绚丽而炽热的阳光。

纽特收起魔杖,从口袋里掏出一把蛆虫。弗兰克凝神注视着。

纽特用另一只手抚摸弗兰克,深情地平复它的情绪。

纽特
哦,感谢帕拉塞尔苏斯。

要是你跑出去,

那可真的是要天下大乱了。

(对雅各布)

看见了吗,它就是

原创电影剧本

我来美国的真正原因。
带弗兰克回家。

雅各布仍然瞪大双眼,慢慢地走上前。弗兰克迅速做出反应,开始焦躁地拍打翅膀。

纽特
(对雅各布)
不,抱歉——别动——
它对陌生人有点儿敏感。
(对弗兰克,安抚)
好了好了——没事。
(对雅各布)
要知道,它是被贩卖出去的。
我在埃及找到它,
浑身上下锁着铁链。
不能扔下它不管,
一定得带它回来。
得把你送回去,你属于那儿,
对吗,弗兰克?夫到
亚利桑那州的旷野荒原。

纽特带着一脸的希望和期待,拥抱弗兰克的脑袋。然后,他笑嘻嘻地把一把蛆虫高高抛向空中。身姿伟岸的弗兰克飞上去抢食,翅膀上阳光迸射。

纽特慈爱、骄傲地注视着雷鸟翱翔。然后他转过身，双手拢在嘴边，朝箱子的另一区域发出野兽般的咆哮。

纽特从雅各布身边走过，抓起那桶肉。雅各布跌跌撞撞地跟在后面，几只狐媚子绕着他脑袋飞舞。他头晕眼花，使劲挥手把它们赶跑。他身后有个大蜣螂，正在滚一个巨大的粪球。

又听见纽特在高声咆哮。雅各布循声匆匆赶去，发现纽特在一片月光映照的沙地上。

纽特
（压低声音）

啊——它们来了。

雅各布

谁来了？

纽特

角驼兽。

一个大家伙冲入视线。角驼兽——体型像一头剑齿虎，但嘴边有滑腻腻的触须。雅各布惊叫一声，想往后退，但纽特抓住他的胳膊，阻止了他。

纽特
别紧张。
别紧张。

角驼兽朝纽特靠近。

纽特
（抚摸角驼兽）
你好，你好！

角驼兽奇怪的、滑腻腻的触须搭在纽特肩膀上，似乎在拥抱他。

纽特
它们是现存最后一对
还有繁育能力的。
如果我没设法救下它们，
那么角驼兽就有可能
永远消失了。

一头幼年的角驼兽直冲雅各布小跑过来，开始舔他的手，好奇地绕着他转圈。雅各布低头看着它，然后轻轻伸出手，抚摸它的头。纽特注视着雅各布，满心欢喜。

纽特
好啦。

神奇动物在哪里

纽特把一片肉扔进围栏,年幼的角驼兽立刻追过去把肉吃掉。

雅各布

怎么,你——你在
救助这些生物?

纽特

对,正是这样。
营救、养育,还要保护它们,
我也在慢慢地
教其他巫师去了解它们。

一只耀眼夺目的粉红色小鸟——恶婆鸟,飞过去落在一根悬在半空的小栖枝上。

纽特在一段斜坡拾级而上。

纽特

(对雅各布)

跟我来。

他们进入一片竹林,在竹子间闪躲穿行。纽特一边大喊。

纽特

提图斯?芬恩?珀皮,

原创电影剧本

马洛,汤姆?

他们出现在一处阳光灿烂的林间空地,纽特从口袋里掏出皮克特,把它托在手上。

纽特
(对雅各布)
它患了伤风。
需要给身体保点暖。

雅各布
哦。

他们走向阳光沐浴下的一棵小树。看到他们走近,一窝护树罗锅吱吱叫着,从树叶间冲出来。

纽特把胳膊伸向那棵树,想劝说皮克特回到同伴身边去。护树罗锅们看见皮克特,立刻噼里啪啦吵成一片。

纽特
好了,快跳走吧。

皮克特坚决不肯离开纽特的胳膊。

神奇动物在哪里

纽特

（对雅各布）

看见了吗，它特别喜欢
跟"人"腻在一起。

（对皮克特）

好了，快去，皮克特！
皮克特。不会，
它们不会欺负你的……
快过去吧。皮克特！

皮克特用细长的手紧紧抓住纽特的手指，死活不肯回到树上。最后纽特只好作罢。

纽特

好吧。所以它们都怪我
太宠它了……

纽特把皮克特放在自己肩上，转过身来。他看见一个空空的圆形大鸟窝，露出担忧的神情。

纽特

杜戈尔怎么不见了？

从近旁一个鸟窝里，传来叽叽喳喳的叫声。

纽特

好吧,这就来……
这就来。妈妈来了——
妈妈来了。

纽特把手伸进鸟窝,捧起幼小的鸟蛇。

纽特

哦——你好啊——
让我来看看你。

雅各布

我见过这些家伙。

纽特

刚孵出的鸟蛇。
　　　　(对雅各布)
你的鸟蛇。

雅各布

你说什么?
"我的鸟蛇"?

纽特

没错——你想不想……

纽特把鸟蛇递给雅各布。

雅各布
哦,哇……想啊,当然了。
好的……啊哈!

雅各布用双手轻轻捧着新出生的小动物,仔细端详。他伸手想抚摸鸟蛇的头,鸟蛇突然张嘴来咬他。雅各布惊讶地往后一缩。

纽特
啊,抱歉,
别那么摸它。它们很早就学会
保护自己了。你瞧,
它们的蛋壳都是银的,
所以极其珍贵。

纽特给巢里的其他雏鸟喂食。

雅各布
好的……

纽特
它们的鸟巢
很容易被猎人洗劫。

纽特看到雅各布对他的动物这么感兴趣，非常高兴，他接过那只刚孵出的鸟蛇，放回巢里。

雅各布

谢谢。

（低沉沙哑）

斯卡曼德先生？

纽特

叫我纽特吧。

雅各布

纽特……
我觉得自己不是在做梦。

纽特

（有点被逗乐了）

你是怎么知道的？

雅各布

我没那么好脑子
能想得出这些。

纽特看着雅各布，感到既好奇又开心。

神奇动物在哪里

纽特

我说,你介不介意
把这些小球
扔给月痴兽,
它们在那边。

雅各布

好,没问题。

雅各布弯腰拎起那桶饲料小球。

纽特

就在那边……

纽特抄起近旁一辆手推车,走向箱子的更深处。

纽特

(烦恼)

麻烦了——嗅嗅不见了。
当然会不见了,麻烦的小淘气。
只要有机会能抓着
亮晶晶的东西。

雅各布在箱子里穿行,无数金色的"树叶"从一棵很小的树上飘落,聚成一团朝镜头移动。它们纷纷扬扬地上升,跟飘浮在空中的狐媚子、七星瓢虫和格林迪洛互相混杂。

镜头扫向另一头庞大的动物,囊毒豹——相貌酷似一头狮子,咆哮时浓密的鬃毛立刻竖起。它傲然立于一块巨石上,对着月亮咆哮。纽特把饲料撒在它脚下,果断地继续往前走。

一只球遁鸟——一种胖乎乎的小鸟——在前景摇摇摆摆地走,后面跟着不断幻影显形的小鸟,与此同时,雅各布爬上一道陡峭的草坡。

雅各布
(自言自语)
今天怎么样,雅各布?
我在手提箱里呢。

到了坡顶,雅各布发现一块月光映照的大石板上栖息着一批小月痴兽——它们性情羞怯,大眼睛占据了整张脸。

雅各布
嘿!哦,你们好啊——
好了——好了。

月痴兽跳起来,奔下岩石,冲向雅各布,雅各布突然发现自己周围全是它们友善的、满怀希望的面孔。

雅各布
慢点儿——慢点儿。

他抛撒小球时，月痴兽们急切地跳上跳下。雅各布显然感觉好多了——他真心喜欢此情此景……

镜头转向纽特，他怀里抱着一头发光的、长着奇异卷须的动物。他用瓶子给动物喂食，一边留神注视雅各布如何对付月痴兽——纽特发现了一个相似的灵魂。

雅各布
（仍在喂月痴兽）
吃吧，小可爱。
吃吧吃吧。

某种冰冷的喊叫声在近处回荡。

雅各布
（转向纽特）
你听见了吗？

可是纽特不见了。雅各布转身看见一道帘子飘动着掀开，后面是一片雪景。

镜头推近，对准悬在空中的小小一团黑色油性物质——默默然。雅各布被吸引住了，走进雪景，仔细观看。那团物质不停地旋转，释放出一种动荡不安的能量。雅各布伸出手想去触摸。

纽特（画外音）
（厉声）

退回去。

雅各布吓了一跳。

雅各布
天……

纽特
退回去……

雅各布
这东西是怎么回事？

纽特
我说了，退回去。

雅各布
这到底是什么东西？

纽特
那是默默然。

雅各布看着纽特，纽特一时间陷入痛苦的沉思。他猛然转过身，朝棚屋走去，语气变得冷漠、刻板，在箱子里

愉快玩耍的心情不复存在。

纽特
我这就得走了,
在它们受到伤害之前,
把它们全都找回来。

两人走进另一片森林,纽特在前面开路,如同肩负着使命。

雅各布
在它们受到伤害之前?

纽特
是的,科瓦尔斯基先生。
要知道,它们正处在陌生的
土地上,被数百万
地球上最残忍的生物所包围。

(停顿)

人类。

纽特再次收住话头,凝视着一大片热带草原区域,里面没有任何生物。

纽特
那么你说,中等体型的生物,

原创电影剧本

喜欢开阔的平原——
树木——水洼——
这类生物——
它会到哪儿去呢？

雅各布
在纽约市里吗？

纽特
没错。

雅各布
平原？

雅各布耸耸肩，凝神思索会在什么地方。

雅各布
啊——中央公园？

纽特
那地方具体在哪里？

雅各布
中央公园在哪儿？

停顿。

神奇动物在哪里

雅各布
你看,我很愿意带你去,
可你不觉得,
这么做有点像两面派吗?
收留我们的姑娘们,
还专门做了热可可……

纽特
那你清楚,一旦她们
看见你不再冒汗,就会立刻
对你施遗忘咒吗?

雅各布
"泥碗咒"是什么?

纽特
就好像你醒过来,
所有关于魔法的记忆都消失了。

雅各布
这些我全都不记得了?

他看看四周。这个世界无比奇异。

纽特
没错。

雅各布

好吧,没问题——好的——
我帮你。

纽特

(拎起一个桶)

那就来吧。

神奇动物在哪里

第 48 场
外景／内景。第二塞勒姆教堂外的街道——夜晚

克莱登斯走回教堂。他看上去比先前愉快一些：与格雷维斯的见面给他带来了安慰。

克莱登斯慢慢走进教堂，轻轻关上两扇大门。

卡斯提蒂在厨房里擦拭餐具。

玛丽·卢坐在昏暗的楼梯上。克莱登斯感觉到她的存在，

停下脚步,神色惊恐。

玛丽·卢

克莱登斯——
你上哪儿去了?

克莱登斯

我……在找一个地方,
为了明天的集会。
第三十二大街的转角,
那里可以——

克莱登斯绕到楼梯脚下,面对玛丽·卢严厉的神情,他沉默了。

克莱登斯

对不起,妈。
我不知道已经这么晚了。

似乎是下意识地,克莱登斯解下皮带。玛丽·卢站起身,伸出手,接过皮带。她默默地转身,朝楼上走去,克莱登斯顺从地跟在后面。

莫迪丝蒂走到楼梯脚下,注视着他们的背影,脸上显出恐惧和焦虑的神情。

第 49 场
外景。中央公园——夜晚

中央公园中间一片结冰的大水塘。孩子们在滑冰。一个男孩摔倒。一个女孩过去搀扶,两人的手拉在一起。

他们刚要站起,冰面下出现一道光。传来低沉的隆隆声。孩子们惊愕地注视着,一个发光的生物在冰面下滑过,往远处去了。

第 50 场
外景。钻石商业区——夜晚

纽特和雅各布走在另一条寂静的街道上,前往中央公园。周围的店铺里都是价值连城的首饰、钻石和珍稀珠宝。纽特拎着箱子,扫视暗处,寻找细微的动静。

纽特
吃饭的时候我一直在观察你。

雅各布

是啊。

纽特

大家喜欢你,对吗,
科瓦尔斯基先生?

雅各布

(惊讶)

哦——嗯,是啊——我肯定
大家也喜欢你——嗯?

纽特

(不太介意)

那倒没有,不。
我很惹人厌。

雅各布

(不知如何作答)

啊。

纽特似乎完全被雅各布吸引住了。

纽特

你为什么想当
面包师?

原创电影剧本

雅各布
唉,怎么说呢——
因为感觉快死了——
在那个罐头厂干活。
　　(看到纽特的目光)
每个人都快要死了。
就好像把你的生命
都压榨出来了。
你喜欢罐头食品吗?

纽特
不喜欢。

雅各布
没错,我也是。
所以才想自己做面包糕点。
让大家高兴起来。
我们往这边走。

雅各布转向右边。纽特跟上。

纽特
那你拿到贷款了吗?

雅各布
呃,没有——我连个贷款担保品

也没有。大概是在军队里
待得太久了——
我也不清楚。

纽特

什么，你打过仗？

雅各布

我当然打过仗了，
每个人都打过仗——
你没入伍参战吗？

纽特

我多半是在跟火龙打交道，
乌克兰铁肚皮——
在东线战场。

纽特突然停住脚。他注意到一辆车的引擎盖上有一枚亮晶晶的小耳环。他把视线往下移：在通往一家钻石商店橱窗的人行道上，散落着许多钻石。

纽特循着这些钻石，蹑手蹑脚地走过橱窗。有什么东西吸引了他的视线，他突然停住。非常缓慢地，他踮着脚退了回来。

嗅嗅站在一个商店橱窗里。为了掩人耳目，它装成一个首饰架,向前伸着挂满钻石的小胳膊。

纽特不敢相信地盯着嗅嗅。嗅嗅感觉到纽特的目光,慢慢转过头。他们的视线交汇了。

停顿。

突然,嗅嗅逃走了,匆匆蹿入店内,试图摆脱纽特。纽特忽地抽出魔杖。

纽特
玻璃碎碎!

窗户玻璃哗啦啦碎裂,纽特跳进店内,手忙脚乱地打开一个个抽屉和柜子,急于找到嗅嗅。雅各布在街道上瞪大眼睛,不敢相信眼前的一幕。在一个外人看来,纽特的行为是在抢劫钻石店。

嗅嗅出现了,从纽特的肩膀上越过,想跳向高处,不被纽特抓到。纽特跳上桌子追它,可是嗅嗅已经悬在一个水晶吊灯上。

纽特伸出手,往前一跳,一下子和嗅嗅都悬在了吊灯上,吊灯胡乱地一圈圈摆动。

雅各布紧张地转脸朝街上张望,查看是否有人听见店里传出的惊天动地的响声。

最后，吊灯哗啦啦摔碎在地上。嗅嗅一咕噜站起身，飞快地爬过一个个装满珠宝首饰的匣子，纽特紧追其后。

纽特箱子的一个锁扣弹开，箱子里传出一声吼叫。雅各布惊恐地转脸看着箱子。

嗅嗅和纽特继续追逐，最后爬上一个首饰柜。柜子吃不住他们俩的重量，倒下来靠在一面橱窗上。纽特和嗅嗅都变得一动不动……

雅各布喘着粗气，慢慢挪上前，关上箱子的那个锁扣。

突然，橱窗出现一道裂缝。纽特注视着裂缝扩展到整面玻璃，橱窗轰然迸裂，在人行道上碎了一地——纽特和嗅嗅都摔在地上。

嗅嗅只愣了一刹那，就拼命往街上跑去。纽特迅速振作起精神，抽出魔杖。

纽特
统统飞来！

嗅嗅以慢动作在空中倒退着朝纽特飞来。它一边飞，一边侧眼看着那个最华丽耀眼的橱窗。它睁大了眼睛。珠

原创电影剧本

宝首饰从它口袋里掉出来,飞向纽特和雅各布,他们弯腰躲闪,同时拔腿朝嗅嗅跑去。

经过一个路灯时,嗅嗅伸出一只胳膊,绕路灯转了个圈飞出去,偏离纽特追它的轨道,奔向那个奢华的橱窗。

纽特朝橱窗玻璃发射一道咒语,把它变成黏稠的果冻,终于捕获住嗅嗅。

纽特
(对嗅嗅)

好了?高兴了?

纽特满身披挂着珠宝,把嗅嗅从橱窗里拽了出来。

背景里传来警笛声。

纽特

逮住一个,还有两个。

警车在街上呼啸而过。

纽特又一次把嗅嗅口袋里所有的钻石珠宝全都抖落出来。

警车停下,警察跑出来,把枪对准纽特和雅各布。雅各

布身上也挂着许多珠宝,举起双手投降。

雅各布
他们往那边儿跑了,
警官……

警察甲
把手举起来!

嗅嗅钻进纽特的大衣,探出小鼻子,发出吱吱叫声。

警察乙
那到底是什么?

雅各布突然看向左边,满脸惊恐。

雅各布
(几乎说不出话)
狮子……

停顿,然后两名警察同时转过目光,把枪口对准街道另一头。

纽特大惑不解,也转脸看去……一头狮子一步步朝他们走来。

纽特

（平静）

知道吗，纽约的确很有意思，
比我想得有趣多了。

没等警察回头，纽特一把抓住雅各布，两人幻影移形。

第 51 场
外景。中央公园——夜晚

纽特和雅各布在霜冻的公园里匆匆行走。

过一座桥时，他们差点被一头拼命逃窜、飞奔而过的鸵鸟撞倒。

远处传来隆隆的响声。

纽特从口袋里抽出安全头盔，递给雅各布。

纽特

把这个戴上。

神奇动物在哪里

雅各布
但是——我干吗要戴这种东西?

纽特
因为在极其强大的外力作用下,你的头骨很容易被敲开。

纽特继续往前跑。雅各布胆战心惊地戴上头盔,紧追纽特而去。

第 52 场
外景。戈德斯坦住所——夜晚

蒂娜和奎妮从卧室窗口探出头,伸长脖子朝黑暗中凝望。又是一阵咆哮怒吼,在冬日的夜晚回荡。又有几扇窗户打开,邻居们睡眼惺忪地望着这座城市。

第 53 场
内景。戈德斯坦住所——夜晚

蒂娜和奎妮跑进雅各布和纽特应该睡觉的卧室。两个男人早已无影无踪。蒂娜愤怒地冲出去穿衣服。奎妮神色不安。

奎妮
可我们还给他们做了热可可……

神奇动物在哪里

第 54 场
外景。中央公园动物园——夜晚

纽特和雅各布奔向已经空了一半的动物园,动物园外墙多处被毁。门口堆着大量碎石瓦砾。

砖砌建筑物后面又传来一阵震耳欲聋的咆哮。纽特拿出一件防护衣。

纽特
好吧,给,你再把这个穿上。

纽特站在雅各布身后,把护胸甲系在他身上。

雅各布

好吧。

纽特

这样,你就绝对不需要
再担心什么了。

雅各布

告诉我——你让别人
不要担心,有谁信过
你的话吗?

纽特

我的人生观就是,
担心意味着要多受一次罪。

雅各布细细体会纽特的"智慧"。

纽特拎起箱子,雅各布跟着他,在瓦砾间踉跄行走。

他们站在动物园入口处。里面传出响亮的喷鼻息的声音。

纽特

雌性正在发情。

神奇动物在哪里

需要个伴儿。

镜头转向毒角兽——一种体型圆胖、类似犀牛的庞大动物，额头上伸出一根巨大的角。它用鼻子蹭着一头被吓坏的河马的围栏，而它的身体是河马的五倍。

纽特掏出一小瓶液体，用牙齿咬下瓶盖，吐到一边，然后在每个手腕上蘸了一点液体。雅各布看着他——液体的气味很刺鼻。

纽 特
毒角兽的麝香——
它会为之疯狂。

纽特把打开的瓶子递给雅各布，拔腿朝动物园走去。

镜头切换。纽特把箱子放在毒角兽近旁的地上，然后慢慢地、充满诱惑地打开箱子。

他开始表演"求偶仪式"——打呼噜、扭动、翻滚、呻吟等一系列动作——吸引毒角兽的注意。

终于，毒角兽转身离开那头河马，对纽特发生了兴趣。他们正面相对，绕着圈子，身体奇怪地一起一伏。毒角兽的举止类似小狗，它的角闪着橘黄色的光。

纽特在地上翻滚，毒角兽模仿他的动作，距打开的箱子越来越近。

纽特
好姑娘——来吧——
到箱子里来……

雅各布闻了闻毒角兽的麝香。就在这时，一条鱼从空中飞来，撞在他身上，麝香泼洒出来。

风向变了。树木沙沙作响。毒角兽深深吸了口气——它闻到雅各布身上散发出新的、更强烈的香气。

雅各布扭头张望。一只心虚的海豹坐在他身后，随即厚着脸皮跑走了。

雅各布再转过身时，看见毒角兽已经站起身，盯住了他。

镜头转向纽特和雅各布，两人意识到接下来会发生什么。

镜头回到全景。毒角兽冲向气味的来源，一边发出疯狂的咆哮。雅各布失声惨叫，以最快的速度朝相反方向逃窜。毒角兽在后面追赶，他们一前一后奔过碎石瓦砾和结冰的水塘，在积雪覆盖的公园里追跑。

纽特抽出魔杖——

神奇动物在哪里

纽特

修复如——

咒语没念完,他手里的魔杖被一只狒狒抢走,狒狒抓着战利品逃开。

纽特

梅林的胡子!

镜头转向雅各布,他笨拙地往前跑,毒角兽紧追不放。

镜头转向纽特,面对那只好奇地打量魔杖的狒狒。

纽特从树上折下一根小树枝,递过去,想劝说狒狒跟他交换。

纽特

这两个一模一样……
都一样。

镜头转回雅各布,他想爬上一棵树,最后头朝下悬挂在一根树枝上,随时都可能摔下来。

雅各布

(惊恐,狂吼)

纽特!

毒角兽就在他下面,仰面躺着,悬空摆动四条腿,勾引对方。

镜头转回纽特,狒狒抖动纽特的魔杖。

纽特
不,不,不,不要!

纽特满脸焦虑——砰——魔杖"爆炸",咒语击得狒狒仰面摔倒。魔杖飞回纽特手中。

纽特
非常抱歉——

镜头转向雅各布,毒角兽已经站起。它冲向那棵树,把角深深扎进树干。树内翻滚着灼热的液体,随即爆炸,轰然倒地。

雅各布被甩下来,滚下一道积雪覆盖的陡坡,落在下面冰冻的湖面上。

毒角兽追过来,砸在冰面上,脚底连连打滑。纽特全速冲下山坡,也摔向冰面。他如运动员一般滑行,手里的箱子开着——就在毒角兽距雅各布还差一英尺时,它被箱子吞没。

神奇动物在哪里

纽特

干得漂亮，科瓦尔斯基先生！

雅各布伸出手与纽特握手。

雅各布

叫我雅各布吧。

两人握手。

第三者视角。某人注视着纽特把雅各布从地上拉起，两人以最快的速度，一步一滑走过结冰的湖面。

纽特

好了，逮住两个，还剩一个。

镜头对准蒂娜，她躲在两人上方的桥上，朝下窥视。

纽特（画外音）

（对雅各布）

快跳进去吧。

箱子孤零零地位于桥下。

蒂娜迅速从桥柱后现身，匆匆坐在箱子上。她关上锁扣，脸上的神情惊恐而果断。

原创电影剧本

主持人（画外音）
女士们先生们……

第 55 场
内景。市政厅——夜晚

一个装饰华丽的大厅,到处可见爱国的象征图案。几百个衣着考究的人坐在小圆桌旁,注视着远端的舞台。舞台上挂着一幅肖参议员的巨幅海报,上写标语:**美国的未来**。

一位主持人站在麦克风后。

主持人
……今晚的这位主讲嘉宾,
无需我再多做介绍。
已经有人称呼他为
未来的总统。
如果诸位不相信,
就请读一读他父亲的报纸——

人群中传出宽容的笑声。老肖先生和兰登同桌而坐,周围都是纽约上流社会的精英。

神奇动物在哪里

主持人
——女士们先生们,
我将为大家请出纽约市议员
亨利·肖!

热烈的掌声。肖参议员一跃上前,感谢大家的喝彩,他指指人群中的熟人,对他们眨眨眼睛,然后登上舞台。

第 56 场
外景。黑暗的街道——夜晚

什么东西在街道上飞速穿行,体型之大,速度之快,绝非人类。奇怪的、粗重的喘息声和咆哮声——不像是人,更像是野兽。

第 57 场
外景。市政厅附近的街道——夜晚

蒂娜匆匆赶路,手里紧紧拎着箱子。周围的路灯突然开始熄灭。她停住脚,感觉什么东西在黑暗中经过——她

原创电影剧本

转身凝望,神色惊惧。

第58场
内景。市政厅——夜晚

> **肖参议员**
> ……的确是的,我们
> 取得了一些进展,
> 但懒散度日是不会有回报的。
> 就像那些酒气熏天的沙龙,
> 已经被禁止……

房间后面的管风琴里传出奇异的、萦绕不散的声音。大家都转脸张望,议员停住话头。

> **肖参议员**
> ……现在轮到桌球室,
> 和那些私人会客厅……

奇怪的声音越来越响。

客人们再次扭头张望。议员显得很焦虑。人们窃窃私语。

神奇动物在哪里

突然,某个东西从管风琴下面轰然迸出。某个野兽般的庞然大物,虽然是无形的,却在大厅盘旋而下——圆桌飞起,人们纷纷倒地,灯泡被打碎,那东西径直冲向舞台,众人发出尖叫。

肖参议员被击,撞在自己的海报上,又被高高托起,在半空悬停片刻,随后重重落下,发出惊天动地的响声——他死了。

"野兽"撕扯他的海报——疯狂地砍劈,伴随着沙哑而粗重的喘息声——然后,从原路轰然退去。

人群中传来痛苦、惊恐的声音,老肖先生踉跄着走过一片狼藉,走向儿子残缺、流血的尸体。

镜头转向肖参议员的尸体,脸上满是惨不忍睹的伤痕。老肖先生在儿子身边蹲下,悲痛欲绝。

镜头转向兰登,他已经站起身,有点微醉。他态度坚决,甚至不无得意。

兰登

是巫师!

第 59 场
内景。魔法国会大厅——夜晚

镜头聚焦在魔法暴露威胁等级的巨大转盘上。指针从严重移至紧急。

蒂娜拎着箱子,快步跑上大厅台阶,身边的男女巫师三三两两聚在一起,紧张地交头接耳。

神奇动物在哪里

海因里希·埃伯斯塔（画外音）
我们的美国朋友
竟然能容许《国家保密法》
遭到破坏……

**第 60 场
内景。五角办公室——夜晚**

一个气派非凡的大厅,布置成昔日议会辩论室的样子。每个座位上都坐着来自世界各地的巫师。皮奎利女士主持会议,格雷维斯坐在她一侧。

瑞士代表在发言。

海因里希·埃伯斯塔
……威胁到
暴露我们大家。

皮奎利女士
让盖勒特·格林德沃
从手里溜走的家伙
没资格在这儿
教训我——

原创电影剧本

肖参议员扭曲的遗体的全息图像,在房间高处悬空飘浮,发出亮光。

蒂娜匆匆走进房间,所有的人都转过脑袋。

蒂娜
主席阁下,
非常抱歉打扰了,
但情况紧急——

蒂娜的声音在静默中回荡。她在大理石地板中央刹住脚步,这才意识到自己闯入了一个什么场合。代表们都瞪视着她。

皮奎利女士
就这么闯进来,
你最好能有一个好理由,
戈德斯坦小姐。

蒂娜
是的——我有。
（上前一步对主席讲话）
阁下,昨天有个巫师
来到纽约,带了个箱子。
这个箱子里
装满了魔法生物——

不幸的是——
有些跑出来了。

皮奎利女士

他是昨天到的？
都已经二十四小时了，
一个没有登记的巫师，
在纽约放跑了魔法生物，
可等有人被杀了，
你才觉得应该来告诉我们？

蒂娜

谁被杀了？

皮奎利女士

那个巫师在哪儿？

蒂娜把箱子平放在地上，用拳头敲敲箱盖。一两秒钟后，箱子打开。纽特和雅各布先后钻出来，看上去非常紧张，局促不安。

英国魔法部长

斯卡曼德？

纽特
（关上箱子）

哦——呃——您好,部长大人。

莫莫卢·沃特森
忒修斯·斯卡曼德?
那个战争英雄?

英国魔法部长
不,这是他的小兄弟。
看在梅林的分儿上,
你到纽约来做什么呢?

纽特
我来买一只蒲绒绒,
长官。

英国魔法部长
（怀疑）

行了。你究竟来这里
干什么?

皮奎利女士
（向蒂娜询问雅各布）

戈德斯坦——这位又是谁?

神奇动物在哪里

蒂娜
他是雅各布·科瓦尔斯基,
主席阁下,他是麻鸡,
被斯卡曼德先生的
一只动物咬伤了。

周围的魔法国会职员和高官做出愤怒的反应。

众部长
(窃窃私语)
麻鸡?施遗忘咒了吗?

纽特全神贯注地研究在房间里飘浮的肖参议员的遗体。

纽特
梅林的胡子啊!

亚洲女士
你清楚你的哪只生物
该对此负责任吗,
斯卡曼德先生?

纽特
这不是动物干的……请不要
视而不见!你们肯定知道
是什么,看看那些伤痕……

镜头转向肖参议员的脸。

镜头转向纽特。

> **纽特**
> 那是默默然干的。

全场愕然,众人纷纷交头接耳,失声惊叫。格雷维斯一脸警觉。

> **皮奎利女士**
> 别太过分了,斯卡曼德先生。
> 美国根本就没有默然者。
> 没收那只皮箱,
> 格雷维斯!

格雷维斯把箱子招去。箱子落在他身边。纽特抽出魔杖。

> **纽特**
> (对格雷维斯)
> 别……还给我——!

> **皮奎利女士**
> 逮捕他们!

一道道咒语令人眼花缭乱,击中纽特、蒂娜和雅各布,

神奇动物在哪里

使他们都跪倒在地。纽特的魔杖从手里飞出,被格雷维斯接住。

格雷维斯站起身,拎起箱子。

纽 特
（被魔力束缚）
不——不——不要伤害
那些生物——求你们了,
你们并不明白——它们
不会造成危害,它们不会!

皮奎利女士
我们自然会有判断!
（对此刻站在他们三人身后的傲罗）
送他们去牢房!

镜头转向格雷维斯,他注视着蒂娜,蒂娜和纽特、雅各布一起被拖走。

纽 特
（喊叫,绝望）
不要伤害那些生物——
它们不会造成危害的。
请别伤害我的生物——
它们没有危险……

求你们了!
它们不会危害别人!

第 61 场
内景。魔法国会牢房——白天

纽特、蒂娜和雅各布坐着,纽特双手抱头,仍然为他的动物感到万分焦虑。最后几欲落泪的蒂娜打破了沉默。

蒂娜
我很抱歉,你的那些
生物,斯卡曼德先生。
我真的很抱歉。

纽特没有说话。

雅各布
(低声,对蒂娜)
劳驾谁能告诉我一下
这个——默然者——默默人
是什么东西?拜托?

蒂娜

（也是低声）

已经几个世纪
没出现过了——

纽特

三个月前我在苏丹见过一个。
以前可能更多，
现在也依然存在。
那时巫师还没有
隐藏起来，还在被麻瓜
追杀迫害的时候。
年轻的男巫师和女巫师，
有时会去压抑
自己的魔法力量，
避免受到残害。
他们不但没有学习驾驭
或控制自己的魔法力量，
反而生出了一种
叫默默然的东西。

蒂娜

（消除雅各布的疑惑）

是一种不稳定的、
无法控制的黑暗力量，
突然爆发——进行攻击……然后

原创电影剧本

又消失无形……

蒂娜说出这话，我们也就明白了。袭击纽约的那个罪魁祸首，她知道，其每个特点都与默默然相符。

蒂娜
（对纽特）
默然者的寿命
并不长，是吗？

纽特
文献记载上，还没有
任何一宗默然者
存活超过十岁的案例。
我在非洲见到的
小女孩八岁，她——
死的时候才八岁。

雅各布
你们的意思是——
肖参议员被杀——是
一个孩子干的？

纽特用目光表示肯定。

神奇动物在哪里

第 62 场
内景。第二塞勒姆教堂,主厅——白天——蒙太奇

莫迪丝蒂走近一张长桌,许多孤儿坐在桌旁狼吞虎咽地吃饭。

莫迪丝蒂

(继续唱歌)

……我妈妈,你妈妈,

挥舞小棒子,

我妈妈,你妈妈,

女巫从不哭,

神奇动物在哪里

>我妈妈，你妈妈，
>   女巫必须死！

莫迪丝蒂从桌上拿起几个孩子的传单。

莫迪丝蒂

>女巫第一号，
>   溺死在河里！
>女巫第二号，
>   让她上绞架！
>女巫第三号……

镜头切换。孩子们吃完饭，拿着传单离开长桌，朝门口走去。

卡斯提蒂

>（对他们的背影喊）
>把传单都发出去！
>如果扔掉了，我肯定知道。
>看见什么可疑情况
>要回来告诉我。

镜头拉近克莱登斯——他在洗盘子，同时专注地观察孩子们。

莫迪丝蒂跟着最后一批孩子走出教堂。

原创电影剧本

第63场
外景。第二塞勒姆教堂外街道——白天

莫迪丝蒂站在繁忙的街道中间。她把传单高高抛向空中,得意洋洋地注视它们在她周围纷纷飘落。

第64场
内景。魔法国会牢房／走廊——白天

两位穿白袍的行刑者,领着戴镣铐的纽特和蒂娜离开牢房,走向漆黑的地下室。

纽特扭头张望。

     纽 特
     (回望)
  能结识你我真的很高兴,
  雅各布,衷心希望
  你的烘焙坊能开张。

镜头转向雅各布,他被留在牢房,神色惊恐,紧紧抓住铁栅栏。他落寞地朝远去的纽特挥挥手。

第65场
内景。审讯室——白天

一间空荡荡的小屋,黑色墙壁,没有窗户。

格雷维斯面对纽特坐在一张审讯桌后,面前摊着一份文件。纽特眯起眼睛,一道耀眼的强光射进他的双眼。

蒂娜站在后面,两名行刑者分站在她左右。

格雷维斯
你这人挺有意思的,
斯卡曼德先生。

蒂娜
(迈步上前)
格雷维斯先生——

格雷维斯把一个手指压在嘴唇上,示意蒂娜闭嘴。这个手势带有保护性,但透着强硬专断。蒂娜看上去屈服

原创电影剧本

了——她顺从地退回到阴影里。

格雷维斯仔细研究桌上的文件。

     格雷维斯
你被霍格沃茨赶出来，
因为你危害了
人类的性命——

     纽 特
那是一次意外！

     格雷维斯
——牵扯到魔法生物。可是
你的某位老师为你百般辩护，
不想开除你。那么，是什么原因
让阿不思·邓布利多那么喜欢你？

     纽 特
我真的不清楚。

     格雷维斯
所以把一群危险的生物
在这儿偷偷放出来，
也不过是一个意外，
是这样吗？

纽特

我为什么要
故意这样做？

格雷维斯

想要巫师世界曝光。
想挑起魔法
和非魔法世界
之间的战争。

纽特

为了更伟大的利益
而大规模屠杀，你指这个？

格雷维斯

没错。很对。

纽特

我不是格林德沃的狂热信徒，
格雷维斯先生。

格雷维斯表情的微妙变化，显示纽特的话触到了他的痛处。格雷维斯看上去更加阴险。

格雷维斯

我很好奇，

原创电影剧本

你想怎么跟我解释这个,
斯卡曼德先生。

格雷维斯把魔杖慢慢一挥,从纽特的箱子里调出那个默默然。他把默默然放在桌上——默默然有节奏地跳动、旋转,发出嘶嘶声。

镜头拉近蒂娜,她瞪大眼睛,不敢相信这一幕。

格雷维斯朝默默然伸出一只手——他完全被迷住了。随着他的突然靠近,默默然旋转得更快,旋动着往后退缩。

纽特本能地转向蒂娜。他只想让蒂娜打消疑虑,个中原因,他也并不完全明白。

纽特
这是一个默默然——
　　　(看到她的眼神)
但不是你想的那样。
是我想办法从苏丹小女孩
身上分离出来的,
救那孩子的时候——
我想把它带回家仔细研究——
　　　(看到蒂娜惊恐的神色)
可它在箱子外面
生存不了。它不会伤害

任何人的,蒂娜!

格雷维斯
就是说,没宿主就毫无用处了?

纽特
"没用"?"没用"?就是因为
那种魔法力量寄生蚕食,
才杀死了一个孩子。这种东西
你能用来干什么?

纽特终于按捺不住心中的怒火,瞪着格雷维斯。在这种气氛下,蒂娜也看向格雷维斯——脸上写满了担忧和惊恐。

格雷维斯意识到自己的错误。他站起身,没有理会那些问题,继续把矛头指向纽特。

格雷维斯
你谁也骗不了,
斯卡曼德先生。
你把这个默默然
带到纽约市,就是希望
挑起大规模冲突,
大肆践踏《保密法》,
让魔法世界暴露于众——

纽特
你知道它不会伤害
任何人，你很清楚！

格雷维斯
——你犯下谋反之罪，
背叛巫师群体，
因此将立即被判处死刑。
戈德斯坦小姐，作为同谋
曾帮助你——

纽特
不，这件事根本与她无关——

格雷维斯
——她将得到同样的判决。

两名行刑者走上前。她们平静而蛮横地把魔杖尖端压在纽特和蒂娜的脖子上。

蒂娜吓得完全不知所措，几乎说不出话来。

格雷维斯
（对行刑者）
立即执行。
我会亲自告知皮奎利主席阁下。

纽特

蒂娜。

格雷维斯又一次把手指压在嘴唇上。

格雷维斯

嘘。

（朝行刑者挥手）

请吧。

第 66 场
内景。破败的地下会议室——白天

奎妮用托盘端着咖啡和杯子，朝一间会议室走去。

她突然僵住，眼睛睁得大大的，脸上闪过恐惧的神情。她丢掉托盘——杯子在地上摔得粉碎。

一批魔法国会低级官员扭头瞪着她。奎妮瞪大眼睛，满脸惊恐，随即顺着走廊跑开。

第 67 场
内景。通向死牢的走廊——白天

一道长长的黑色金属走廊,通向一间纯白色的牢房,一把椅子靠魔力悬在一方水池上,池里是翻滚起伏的药水。

纽特和蒂娜被行刑者押进这个房间。一名警卫守在门口。

蒂娜
（对行刑者甲）
请别这样——伯纳黛特——
求你了——

行刑者甲
不会疼的。

蒂娜被领到池边。她开始惶恐,呼吸急促而粗重。

满面笑容的行刑者举起魔杖,小心地从蒂娜脑子里抽取快乐的记忆。蒂娜瞬间平静下来——表情变得茫然、恍惚。

行刑者把记忆抛入药水池中,药水翻滚起伏,浮现出蒂娜生活中的场景。

小蒂娜抬头微笑,面对妈妈的呼唤——

蒂娜妈妈（画外音）

蒂娜……蒂娜……快来，
小南瓜——该睡觉了。
准备好了吗？

蒂娜

妈妈……

蒂娜妈妈在池水中出现，神情中充满温暖和慈爱。现实中的蒂娜低头看着，脸上浮现笑意。

行刑者甲

是不是很美好。
你想进去吗，嗯？

蒂娜茫然地点点头。

第68场
内景。魔法国会大厅——白天

奎妮站在拥挤的大厅里。电梯门的声音。

镜头转向电梯门，门打开，雅各布被记忆注销员山姆押了出来。

奎妮果断地朝他们快步走去。

> **奎妮**
> 嘿,山姆!

> **山姆**
> 嘿,奎妮。

> **奎妮**
> 他们让你到楼下去。
> 我来给这家伙施遗忘咒。

> **山姆**
> 可你没有资格。

奎妮神色严峻,读山姆的想法。

> **奎妮**
> 嘿,山姆——塞西莉知道
> 你在和露比约会吗?

镜头转向露比,一个魔法国会女巫,站在他们前面。她朝山姆微笑。

神奇动物在哪里

镜头转向奎妮和山姆——山姆显得很紧张。

山姆

（惊惧）

你是怎么——

奎妮

让我来给这家伙施遗忘咒，
塞西莉就绝对不会
从我这儿知道。

山姆愕然，连连后退。奎妮抓住雅各布的胳膊，领着他大步穿过宽敞的大厅。

雅各布

你这是干什么？

奎妮

嘘！蒂妮有麻烦了，
我在设法听情况——
（读蒂娜的想法）
雅各布，纽特的箱子在哪儿？

雅各布

好像那个叫格雷维斯的
拿走了——

奎妮

好的,快走——

雅各布

怎么?你不打算给我施遗忘咒?

奎妮

当然不会——现在你是我们一伙的!

奎妮领着他匆匆走向主楼梯。

第69场
内景。死牢——白天

蒂娜坐在行刑椅上。她低头凝视:下面旋转着一家人幸福的画面,她的父母,幼年的奎妮。

记忆。镜头进入水池,追溯蒂娜的一段记忆:蒂娜走进第二塞勒姆教堂,走上楼梯。她发现玛丽·卢站在克莱登斯身边,手里拿着皮带——克莱登斯满脸惊恐。蒂娜愤怒地射出一个魔咒,击中玛丽·卢。蒂娜走上前安慰克莱登斯。

蒂娜
没事了。

镜头转向现实中的蒂娜,她仍然凝视着水池里,脸上浮现渴望的笑容。

镜头转向纽特,他迅速扫了一眼自己的胳膊——皮克特正敏捷地、悄然无声地爬向锁住纽特双手的手铐。

第 70 场
内景。通向格雷维斯办公室的走廊——白天

镜头转向格雷维斯办公室的门。

奎妮（画外音）
阿拉霍洞开。

奎妮和雅各布尴尬地站在格雷维斯办公室的门外,奎妮焦虑地想把门打开。

奎妮
快快开……

门仍然锁着。

奎妮
（沮丧）
哦。他可能用很厉害的咒语
锁住了办公室。

第 71 场
内景。死牢——白天

镜头转回皮克特，它解开了锁住纽特手腕的手铐，迅速爬上行刑者乙的衣服。

行刑者乙
（对纽特）
好了，我们把你美好的事物
拿出来——

行刑者乙把魔杖凑向纽特的额头。纽特抓住机会——退身躲避，随即放出蜷翼魔，把它抛向水池。然后他急速转身，出拳把警卫打昏。

蜷翼魔已迅速膨胀，成为一种巨大的蝴蝶般的爬行动物，

有一对骨架般的翅膀,形象恐怖,却有着一种诡异的美。它继续在水池上一圈圈盘旋。

皮克特爬上行刑者乙的胳膊,咬了一口。行刑者乙惊愕之下,分了心神,纽特抓住时机,攥住她的胳膊,用她的魔杖瞄准进攻。咒语射出,击中行刑者甲,她倒在地上,魔杖掉进水池。魔杖落水时,药水掀起黏稠的黑色泡沫,瞬间将它吞没。

随之而来的,是蒂娜的记忆从美好转为惨痛:只见玛丽·卢气势汹汹地指着蒂娜。

玛丽·卢

女巫!

蒂娜仍被池水迷惑,神色越来越恐惧。她的椅子在下降,距药水越来越近。

蜷翼魔在房间里掠过,把行刑者乙撞倒在地。

原创电影剧本

第 72 场
内景。通向格雷维斯办公室的走廊——白天

雅各布迅速环视四周,对着门狠踢一脚。门开了。雅各布守在门口,奎妮跑进去,抓起纽特的箱子和蒂娜的魔杖。

第 73 场
内景。死牢——白天

蒂娜从幻想中猛然惊醒,失声尖叫。

蒂娜

斯卡曼德先生!

此刻池水变成沸腾冒泡的黑色死亡药水。它掀起高高的波浪,把坐在椅子里的蒂娜包围,几乎吞没了她。蒂娜站起来想逃脱,匆忙中差点摔下去。她绝望地保持身体平衡。

纽特

不要惊慌!

蒂娜

不慌？
那你建议我该干吗？

纽特嘴里发出奇怪的啧啧声，命令蜷翼魔继续在水池上盘旋。

纽特

跳……

蒂娜看着蜷翼魔——惊恐，难以置信。

蒂娜

你是疯了吧？

纽特

跳到它身上。

纽特站在水池边，注视蜷翼魔绕着蒂娜一圈圈地盘旋。

纽特

蒂娜，听我说。
我会抓住你。蒂娜！

两人专注地互相对视，纽特竭力让她放心……

药水掀起的波浪已经与蒂娜一样高——她看不见纽特了。

纽特

(急迫,非常镇静)

我会抓住你的。

我能抓住你的,蒂娜……

突然,纽特大喊起来。

纽特

跳!

就在蜷翼魔飞过时,蒂娜从两道波浪之间跳出。她落在蜷翼魔背上,距沸腾涌动的药水只有几英寸,随后她迅速往前一跳,径直扑入纽特张开的怀抱。

刹那间,纽特和蒂娜凝视对方,然后纽特举起一只手,招回了蜷翼魔,蜷翼魔再次收叠成一个卵囊。

纽特抓住蒂娜的手,朝出口奔去。

纽特

快走!

第 74 场
内景。死牢走廊——白天

奎妮和雅各布目标明确地在走廊里大步走着。

远处警报响起——其他巫师匆匆与他们擦肩而过,奔往相反方向。

第 75 场
内景。魔法国会大厅——几分钟后——白天

刺耳的警报响彻整个大厅。

人群一片骚乱——人们聚集在一起,紧张地交头接耳,另一些人匆忙奔走,焦虑,急切。

一群傲罗迅速跑过大厅,直奔通往地下室的楼梯。

原创电影剧本

第 76 场
内景。死牢走廊／地下室走廊——白天

纽特和蒂娜手拉手,在地下室走廊里奔走。突然与一群傲罗不期而遇,他们赶紧转身藏在柱子后面,及时躲过了射来的魔咒。

纽特再次放出蜷翼魔,蜷翼魔在头顶上盘旋,在那些柱子间穿梭,挡住咒语,把傲罗们撞倒在地。

镜头转向蜷翼魔,它把喙刺入一个傲罗的耳朵。

纽特
(发出咂舌声)
别管他的头了,
走吧!快走!

蒂娜和纽特继续往前跑,蜷翼魔跟在后面飞,挡开魔咒。

蒂娜
那是什么东西?

纽特

蜷翼魔。

蒂娜

好吧,我喜欢它!

镜头转向奎妮和雅各布,他们在地下室匆匆穿行。纽特和蒂娜猛地转过拐角,差点与他们相撞。四人面面相觑,神色都很紧张。

最后,奎妮指指箱子。

奎妮

进去!

第77场
内景。通向牢房的楼梯——片刻之后——白天

格雷维斯急迫地走下楼梯。他脸上第一次露出慌张的神情。

原创电影剧本

第78场
内景。魔法国会大厅——几分钟后——白天

奎妮在大厅里快步行走,竭力不让自己显得太急促,同时又强烈意识到需要迅速离开。激动不安的阿伯内西从一群巫师中走出来。

阿伯内西
奎妮!

奎妮在楼梯上方停稳脚跟,转过身,让自己镇静下来。阿伯内西向她走来,整了整领带,想显得沉着而有威严——奎妮明显让他感到紧张。

阿伯内西
(笑容夸张)
这是要去哪儿啊?

奎妮做出妩媚诱人的无辜表情,把箱子藏在背后。

奎妮
我……我病了,
阿伯内西先生。

她轻咳一声,瞪大双眼。

阿伯内西
又病了?那——箱子里
是什么?

停顿。

奎妮紧张思索,脸上迅速绽开一个充满魅力的笑容。

奎妮
女士用品而已。

奎妮把箱子露出来,天真地快步登上台阶,朝阿伯内西走来。

奎妮
您想看一看?
我不介意。

阿伯内西窘迫万分。

阿伯内西
(使劲咽唾沫)
喔!天哪,不了!我——
祝你早日康复!

奎妮

(甜甜一笑，替他整整领带)

谢谢！

奎妮立刻转身，匆匆走下楼梯，留下阿伯内西——心中小鹿乱撞——凝视她的背影。

第 79 场
外景。纽约街道——下午近黄昏

纽约高空全景。镜头掠过大片屋顶,俯冲而下,在大街小巷穿梭,经过飞驰的车辆和咯咯大笑的儿童。

最后停在第二塞勒姆教堂的那条小巷,克莱登斯在张贴宣传玛丽·卢下次集会的海报。

格雷维斯在小巷里幻影显形。克莱登斯大吃一惊,连连后退,但格雷维斯径直朝他走来,语气和态度都十分急迫、强硬。

格雷维斯
克莱登斯。
找到那孩子了吗?

克莱登斯
我不行。

格雷维斯很不耐烦,但假装平静,伸出一只手——突然显得关心、慈爱。

格雷维斯
给我看看。

克莱登斯呜咽、颤抖,几乎要后退逃离。格雷维斯用自己的手轻轻拿起克莱登斯的手,仔细查看——上面布满深深的红色伤痕,还在流血,惨不忍睹。

格雷维斯
嘘。好孩子,
我们越快找到那孩子,
你就能越快把所受的痛苦
留在本该属于它们的地方。

格雷维斯轻轻地、几乎是诱惑性地,用拇指抚过那些伤痕,使它们瞬间愈合。克莱登斯吃惊地睁大眼睛。

格雷维斯似乎做出了决定。他装出一副真诚和信任的表情,从口袋里掏出一根项链,上面挂着死亡圣器的标记。

格雷维斯
我要你戴着这个,
克莱登斯。我很少
能这么信任别人——

格雷维斯凑近克莱登斯,把项链戴在他脖子上,一边低声耳语。

格雷维斯
非常少。

格雷维斯把双手放在克莱登斯的脖子两侧,把他拉近自己,轻声说话,语气亲密。

格雷维斯
……可你——你不一样。

克莱登斯犹豫不决,格雷维斯的行为让他感到不安,却又深受吸引。

格雷维斯把手放在克莱登斯胸口,捂住挂坠。

格雷维斯

听着,你一找到那孩子,

就碰一下这个标记,

我就会知道,

然后马上来找你。

格雷维斯进一步凑近克莱登斯,他的脸距男孩的脖子只有几英寸——给人的感觉既充满诱惑,又带有威胁——他低声耳语。

格雷维斯

办成了,你将受到尊敬,

巫师都尊敬你,

永远尊敬。

格雷维斯把克莱登斯拉进怀里拥抱,由于他的手按在克莱登斯的脖子上,这个拥抱里更多的是控制,而不是慈爱。克莱登斯被表面的温情彻底感化,闭上双眼,稍稍放松下来。

格雷维斯抚摸着克莱登斯的脖子,慢慢抽开身。克莱登斯仍然闭着眼睛,渴望继续得到这种肌肤相触。

格雷维斯

(低语)

这个孩子快死了,克莱登斯。

时间不多了。

突然,格雷维斯在小巷里大步远去,幻影移形。

第80场
外景。带鸽笼的屋顶——黄昏

一个俯瞰全城的屋顶。中间有座小木棚,里面有个鸽笼。

纽特走上一个平台,眺望这座巨大的城市。皮克特蹲在他肩头,发出咔哒咔哒的声音。

雅各布在木棚里打量鸽笼,奎妮走进来。

     奎妮
  你祖父养鸽子啊?
  我祖父养猫头鹰。
  我以前很喜欢给它们喂食。

镜头转向纽特和蒂娜——蒂娜也和纽特一起站在平台上。

     蒂娜
  格雷维斯总是强调,

那些骚乱都是魔法动物所为。
我们得把你的动物都找回来,
那样他就没法
再拿动物当替罪羊了。

纽特

只剩一只没找着了。
杜戈尔,我的隐形兽。

蒂娜

杜戈尔?

纽特

有个小问题是……嗯,
我们看不见它。

蒂娜

(这太荒唐,她忍不住笑了)
看不见它?

纽特

没错——大多数时候……
它会隐形……嗯……

蒂娜

那我们怎么才能抓到

那样的——

纽特
（脸上浮现笑意）

确实比登天还难。

蒂娜

噢……

他们相视而笑——彼此产生一种新的好感，纽特仍然笨拙，但不知怎的，面对蒂娜的微笑，他无法挪开目光。

蒂娜慢慢靠近纽特。

停顿。

蒂娜

纳尔拉克！

纽特
（吃惊）

你说什么？

蒂娜
（诡秘，兴奋）

纳尔拉克——

我还是傲罗那会儿,
找他当过线人!
他以前买卖过魔法生物,
在暗地里——

纽特

他不会恰巧有兴趣
打听一下有没有看到过爪印吧?

蒂娜

他对能卖的东西都有兴趣。

神奇动物在哪里

第 81 场
外景。盲猪酒吧——夜晚

蒂娜领着一行人走在一条龌龊的小巷里,遍地都是垃圾桶、废纸箱和被丢弃的物品。她找到一道通向地下室的台阶,示意他们走下去。

台阶下面似乎是死胡同,门洞用砖头砌死了。但通道尽头贴着一张海报,上面是个穿晚礼服、正在照镜子的搔

首弄姿的交际花。

蒂娜和奎妮站在海报前。她们互相面对面，同时举起魔杖。于是，她们的职业正装变成了光鲜亮丽的直筒连衣裙。蒂娜抬头看着纽特，似乎为自己的新装束感到不好意思。奎妮盯着雅各布，脸上带着调皮的微笑。

蒂娜走到海报前，慢慢举起一只手。她这么做时，交际花的眼睛往上移动，追随她的每个动作。蒂娜在门上慢慢敲了四下。

纽特感觉到需要有所变化，匆匆用魔法给自己变出一个小领结。雅各布在一旁看着，羡慕不已。

一道门闩打开，交际花涂脂抹粉的眼睛突然消失，露出一个门卫怀疑的目光。

第 82 场
内景。盲猪酒吧——夜晚

一个破败、低矮的地下酒吧，光顾这里的都是纽约魔法界的下三滥。纽约的男女巫师罪犯统统聚集于此，他们的通缉令骄傲地挂在四面墙上。**盖勒特·格林德沃：**因

原创电影剧本

在欧洲残害麻鸡而被通缉的告示一闪而过。

多个妖精音乐家在一个舞台上,一位光彩照人的妖精爵士歌手正在低声吟唱,她的魔杖喷出一串烟雾缭绕的形象,给她的歌词配出画面。一切都是那么肮脏破败,构成一种阴森可怖的欢愉气氛。

爵士歌手

凤凰泪如雨下
　　化作珍珠,
当巨龙抓走他
　　最爱的女孩,
比利威格虫也
　　忘记了旋飞,
当他的爱人
　　离他而去,
连独角兽也
　　失去了长角,
连鹰头马身有翼兽也
　　深感孤零,
因他深爱的女郎
　　早已离开,
这就是我知道的
　　故事啊——

雅各布站在一个貌似无人的吧台前,等人来招呼他。

雅各布
这样的小酒馆
怎么要酒喝?

一个盛着褐色液体的细瓶子从天而降,直冲他飞来。他一把抓住,满脸惊愕。

吧台后面一个家养小精灵探出脑袋看着他。

家养小精灵
什么?你以前没见过
家养小精灵?

雅各布
呃,不,是啊,不,哪里,
当然见过了……我喜欢
家养小精灵。

雅各布想表现得满不在乎——他拔出瓶塞。

雅各布
我叔叔就是家养小精灵。

家养小精灵——没有被他骗住——直起身子,靠在吧台上盯着雅各布。

奎妮走过来。她神情沮丧,吩咐道——

奎妮

六份咯咯烈酒,
一杯轰耳,谢谢。

家养小精灵不情愿地拖着脚去完成她的要求。雅各布和奎妮互相对视。雅各布伸手拿过一杯咯咯烈酒。

奎妮

所有麻鸡都像你这样?

雅各布

(强作矜持,近乎诱惑)
不,像我这样的只有我。

雅各布专注地与奎妮对视,同时将烈酒一饮而尽。突然他发出一声高亢刺耳的咯咯大笑。奎妮看到他惊讶的表情,妩媚地笑了。

镜头转向一个家养小精灵,他在给巨人递饮料,杯子在巨人手中显得格外的小。

镜头转向纽特和蒂娜,他们单独坐在一张桌旁,尴尬地沉默着。纽特打量着屋里的那些人:戴着兜帽、满脸伤疤的男女巫师,在用如尼文的骰子赌魔法制品。

蒂 娜
(张望四周)
这儿一半的人
我都抓过。

纽 特
你可以嫌我多管闲事……
可是刚才在死亡药水池里
我看见了一些事情。
我看见你——拥抱了——那个
第二塞勒姆的男孩。

蒂 娜
那男孩叫克莱登斯。
他母亲总打他。
他母亲收养了很多孩子,
都会挨打。但她好像最讨厌他。

纽 特
(恍然大悟)
他母亲就是
你施咒攻击的麻鸡?

蒂 娜
所以我弄丢了工作。
他母亲举行集会,

原创电影剧本

我就当着那群
疯狂的追随者——
那些人都得施遗忘咒。
成了一桩大丑闻。

奎妮在房间那头示意。

奎妮
（压低声音）

他来了。

纳尔拉克从地下酒吧的深处出现。他抽着雪茄，穿着对妖精来说十分考究的服装，举手投足间有一种类似黑帮老大的油滑和老谋深算。他边走边端详着几位新来者。

爵士歌手（画外音）

啊，爱让奇兽
　骚动不安，
无论是危险的，还是
　温和的，
羽翼起伏，皮毛
　翻动，
都因爱情让我们
　发狂啊。

神奇动物在哪里

纳尔拉克在他们桌子的那头坐下,一股盛气凌人、掌控全局的气势。一个家养小精灵匆匆给他端来一杯酒。

纳尔拉克
那么——你就是那个
带了一箱子怪兽的家伙,嗯?

纽特
消息传得很快啊。
我希望你可以告诉我
任何目击的消息。
或是踪迹。
诸如此类的。

纳尔拉克一口把酒喝光。另一个家养小精灵拿来一份文件让他签字。

纳尔拉克
你的脑袋现在可是值
一大笔钱,斯卡曼德先生。
为什么我要帮你,
而不是举报你呢?

纽特
如此说来,我得给你
出个好价钱?

家养小精灵拿着签好的文件匆匆离开。

      纳尔拉克
  嗯——就把这当成
  服务费吧。

纽特掏出两枚金加隆,在桌上推给纳尔拉克,他连眼皮都没有抬。

      纳尔拉克
    (不为所动)
  哈——魔法国会出的
  可比这多多了。

停顿。

纽特掏出一个漂亮的金属仪器,放在桌上。

      纳尔拉克
  望月镜?我有五个。

纽特在大衣口袋里翻找,掏出一个冰冻、闪亮的宝石红的蛋。

      纽特
  冰冻火灰蛇蛋!

纳尔拉克

(终于产生兴趣)

你看——现在我们——

纳尔拉克突然看见皮克特从纽特口袋里探头探脑。

纳尔拉克

——等一下——那是
护树罗锅,是吗?

皮克特赶紧缩回去,纽特用一只手护住口袋。

纽特

不行。

纳尔拉克

呵,别这样,那是护树罗锅——
它们能开锁——没说错吧?

纽特

不能把它给你。

纳尔拉克

行啊,祝你还能活着回来,
斯卡曼德先生,
魔法国会全体出动

四处抓你呢。

纳尔拉克起身走开。

纽特
(痛苦)

好吧。

纳尔拉克转身不理纽特,脸上浮现出险恶的笑容。

纽特把皮克特从口袋里掏出来。皮克特粘在纽特手上,拼命尖叫,发出咔哒咔哒的声音。

纽特

皮克特……

纽特慢慢地把皮克特递给纳尔拉克。皮克特使劲伸出小小的胳膊,哀求纽特把它拿回去。纽特不忍看它。

纳尔拉克
哦,是啊……
(对纽特)
某种隐形的东西
在第五大道附近
造成严重混乱。
你也许该去梅西百货大楼看看。

那儿可能有你在找的东西。

纽 特
（低声）

杜戈尔……

（对纳尔拉克）

好，还有一件事。
魔法国会的那位
格雷维斯先生——我想你
是不是了解一些他的背景。

纳尔拉克瞪大眼睛。似乎他有许多话可说——但他宁死也不会说出来。

纳尔拉克

你问的问题太多了，
斯卡曼德先生。
会招来杀身之祸的。

镜头转向一个家养小精灵，他搬着一箱酒瓶。

家养小精灵

魔法国会的人来了！

家养小精灵幻影移形。酒吧的其他顾客也匆匆移形消失。

原创电影剧本

蒂娜
(站起身)
你居然向他们告密!

纳尔拉克瞪着他们,发出恶狠狠的笑声。

奎妮身后,墙上的通缉令更新,出现了纽特和蒂娜的面部照片。

傲罗们开始在地下酒吧幻影显形。

雅各布佯装无事地朝纳尔拉克溜达过去。

雅各布
抱歉,纳尔拉克先生——

雅各布一拳正中纳尔拉克的脸,打得他往后倒去。奎妮满脸高兴。

雅各布
——他让我想起了我的领班!

酒吧里,五花八门的顾客被傲罗们逮捕。

纽特趴在地板上到处寻找皮克特。在他周围,人们匆匆奔跑,躲避傲罗,试图逃离酒吧。纽特终于在一条桌腿上发现皮克特,一把把它抓住,朝同伴们跑去。

雅各布抓起另一杯咯咯烈酒,一饮而尽。他粗声大笑,纽特抓住他的胳膊,一伙人幻影移形。

第83场
内景。第二塞勒姆教堂——夜晚

长长的屋子里点着一排蜡烛,光线昏暗。几乎听不见任何声音。

卡斯提蒂拘谨地坐在教堂中央那张长桌旁。她刻板地整理传单,把它们装进一个个小袋子里。

莫迪丝蒂穿着睡衣坐在对面看书。在后面什么地方,玛丽·卢在自己的卧室里忙碌。

只有莫迪丝蒂注意到楼上传来轻轻的碰撞声。

原创电影剧本

第 84 场
内景。莫迪丝蒂的卧室——夜晚

一个寒酸的房间。单人床，油灯，墙上挂着一幅刺绣样品：**罪恶字母表**。莫迪丝蒂的洋娃娃摆在一个架子上。其中一个脖子上套着小绞架，另一个被捆在火刑柱上。

克莱登斯爬到莫迪丝蒂的床底下。他看着那些箱子和藏在那里的东西，突然呆住，瞪大了眼睛……

第 85 场
内景。第二塞勒姆教堂——夜晚

莫迪丝蒂站在楼梯脚下，抬头往上看。她慢慢地走上楼。

第 86 场
内景。莫迪丝蒂的卧室——夜晚

镜头转向床下克莱登斯的脸——克莱登斯发现一根玩具魔杖。他瞪大眼睛，无法将目光挪开。

神奇动物在哪里

在他身后,莫迪丝蒂走进卧室。

莫迪丝蒂
你干什么,克莱登斯?

克莱登斯匆匆从床底下爬出,脑袋撞在床上。他身上沾着灰尘,神色惶恐。看到是莫迪丝蒂,他松了口气,但是莫迪丝蒂一见魔杖,吓得变了脸色。

克莱登斯
你在哪儿找到的?

莫迪丝蒂
(惊恐地低语)

还给我,克莱登斯。
只是一个玩具!

门突然被撞开。玛丽·卢走进来。她的目光从莫迪丝蒂转向克莱登斯,又转向玩具魔杖——她比以前任何时候都要愤怒。

玛丽·卢
(对克莱登斯)

那是什么?

第 87 场
内景。第二塞勒姆教堂——夜晚

镜头对准卡斯提蒂,她仍在往袋子里装传单。

玛丽·卢(画外音)
把皮带解下!

卡斯提蒂抬头看了几眼二楼平台。

第 88 场
内景。第二塞勒姆教堂,二楼平台——夜晚

玛丽·卢站在俯瞰教堂正厅的平台上。从下面看去,她的身影威严强大,简直如同神明一般。

玛丽·卢重新转向克莱登斯,带着满脸厌恶,慢慢地把魔杖撅成两截。

莫迪丝蒂瑟缩发抖,克莱登斯开始解皮带。玛丽·卢伸手接过皮带。

神奇动物在哪里

克莱登斯

（哀求）

妈……

玛丽·卢

我不是你妈！

你母亲是个邪恶的、不正常的女人！

莫迪丝蒂挤到他俩中间。

莫迪丝蒂

那是我的。

玛丽·卢

莫迪丝蒂——

突然，玛丽·卢手里的皮带被超自然力量抽走，落在远处的墙角，如同一条死蛇。玛丽·卢看着自己的手——在强力作用下，她的手上布满一道道血痕。

玛丽·卢惊骇莫名，她的目光在莫迪丝蒂和克莱登斯之间扫视。

玛丽·卢

（恐惧，但试图掩饰）

这是怎么回事？

原创电影剧本

莫迪丝蒂不屈地与她对视。背景中可见克莱登斯蹲下身,抱住双膝,瑟瑟发抖。

玛丽·卢强作镇定,慢慢走过去捡皮带。手还没有碰到,皮带就在地板上嗖地蹿远。

玛丽·卢后退几步,眼睛里盈满恐惧的泪水。她慢慢转回来面对两个孩子。

她移动时,一股强大的力量轰然击中她,某种野兽般的、尖叫的黑色物质将她吞噬。她的惨叫声令人毛骨悚然,那股力量击得她后退撞在一根木梁上,翻过了栏杆。

玛丽·卢砰地摔在教堂主厅的地板上,已无生息,脸上带有在肖参议员脸上见过的那种伤痕。

黑色力量在教堂里飞速掠过,掀翻桌子,摧毁视线所及的一切。

神奇动物在哪里

第 89 场
外景。百货商店——夜晚

全景镜头下的一家百货商店,橱窗里摆满衣着光鲜的服装模特。

雅各布走近橱窗,盯着一个手包,手包似乎自动滑下一个服装模特的胳膊。纽特、蒂娜和奎妮匆匆来到他身后,注视着手包悬在半空,飘进店里。

神奇动物在哪里

第 90 场
内景。百货商店——夜晚

一家体面的百货商店,为迎接圣诞节而装饰一新,过道里摆满昂贵的珠宝、鞋帽和香水。夜晚商店关门,灯全部熄灭,听不见任何声音。

只见手包顺着中央过道飘去,伴随着呼噜呼噜的轻喘声。

纽特和同伴迅速踮着脚尖走进商店,随后躲在一大簇塑料圣诞装饰品后面。他们盯着那个飘悬的手包。

纽特
(低语)
隐形兽基本上还是很和平的,
可要是被惹急了,
也会咬人。

隐形兽显形——一种类似猩猩的动物,银白色的毛,一张好奇的、皱巴巴的脸——它爬上一个陈列架,想拿一盒糖果。

纽特
(对雅各布和奎妮)
你们俩……去那边。

原创电影剧本

他们开始移动。

     纽特
行事千万要
出其不意。

雅各布和奎妮困惑地交换了一下目光,转身离去。

远处可听见一声小小的咆哮。

镜头转向隐形兽,它听见声音,抬头看向天花板,然后继续收集糖果,把它们划拉到它的手包里。

     蒂娜(画外音)
那声音是隐形兽吗?

     纽特
不,我想,这可能就是隐形兽
在这里的原因。

镜头转向纽特和蒂娜,他们在一条过道里快速移动,想接近隐形兽,隐形兽正在商店里匆匆走开。

隐形兽意识到自己被发现,转过身,狐疑地看着纽特,随后登上侧面一道楼梯。纽特微微一笑,跟了过去。

第 91 场
内景。百货商店，阁楼仓库——夜晚

一个很大的阁楼空间，光线昏暗，从地板到天花板都是架子，上面塞满一箱箱瓷器：餐具、茶具和各种厨房用具。

隐形兽踏着一片月光在阁楼里行走。它四下张望，随后停下脚，把手包里的糖果倒出来。

纽特（画外音）
它可以洞察大概率事件，
所以它能预见到最有可能
发生的近未来。

纽特进入镜头，悄悄从后面靠近隐形兽。

蒂娜（画外音）
它在干什么？

纽特
它在照顾小孩。

隐形兽举起一块糖果，似乎要把它递给什么人或什么东西。

蒂娜

你刚才说什么?

纽特

(平静,低语)

这是我的错。

我还以为都在——

我肯定是数漏了一个。

雅各布和奎妮轻轻走进来。纽特平静地走上前,跪在隐形兽旁边,隐形兽在糖果前面给纽特让出点地方。纽特小心翼翼地把箱子放下。

镜头转向蒂娜。随着光线移动,出现了一头大动物身体上的鳞片。那头大动物躲在阁楼的椽木间。蒂娜惊恐地抬头张望。

蒂娜

它在照顾那东西?

镜头转向天花板,一只鸟蛇的脸出现了——跟箱子里见过的那种蓝色的、蛇一般的小鸟完全一样,但这只鸟蛇体型巨大,一圈圈盘绕着,占据了阁楼的全部空间。

鸟蛇慢慢地朝纽特移动,隐形兽再次递过一块糖果。纽特保持一动不动。

纽特

鸟蛇能随意伸缩，
变大变小。所以它们会——
大到——填满所有空间。

鸟蛇看见纽特，把脑袋朝他探过来。纽特举起一只手，轻轻呼唤。

纽特

妈妈在这儿。

镜头转向隐形兽，它眼睛里闪过一道耀眼的蓝光——显示它有了某种预感。

迅速切换。一个圣诞小装饰品滚过地面；鸟蛇变得紧张，纽特伸手去抓它的背，被甩到了房间那头；隐形兽突然跳到雅各布背上。

镜头转回隐形兽，它的眼睛又变回褐色。

奎妮慢慢向前移动，目光盯着鸟蛇。就在这时，她不小心踢到地板上一个小小的玻璃装饰品，装饰品叮铃铃地滚远。鸟蛇听见声音，直起身体，嘴里发出尖叫。纽特努力让这个庞然大物平静下来。

原创电影剧本

纽特
哇！哇！

雅各布和奎妮跟跟跄跄地后退躲避。隐形兽匆匆逃跑，一下子跳进雅各布怀里。

鸟蛇俯冲下来，把纽特抄到自己背上，然后在阁楼里疯狂地横冲直撞，把那些架子撞得四散横飞。纽特大喊。

纽特
没错，需要一只昆虫，
只要是昆虫就行——还有茶壶！
去找茶壶！

蒂娜在混乱中匍匐爬行，躲开那些纷纷摔落的器皿，想找到纽特需要的东西。

鸟蛇的翅膀扫向地面，差点打中雅各布，雅各布跌跌撞撞，被死死粘在他背上的隐形兽所拖累。

纽特发现越来越难以坚持，因为鸟蛇的情绪变得更加烦躁，翅膀猛烈地往上一扫，掀翻了屋顶。

雅各布转过身，他和隐形兽在一个箱子里发现一只蟑螂。雅各布伸手去抓，鸟蛇的身体突然压下来，毁掉了箱子，也毁掉了雅各布的机会。

神奇动物在哪里

镜头转向蒂娜,她意志顽强地在地板上爬行,一心想要抓住一只蟑螂。

镜头转向奎妮,她被鸟蛇大力撞倒在地,失声尖叫。雅各布跑到她身后,向前一扑,平躺在地,终于抓住了一只蟑螂。蒂娜抓着一把茶壶站起身,尖声喊道——

蒂娜
茶壶!

听到这个声音,鸟蛇再一次扬起脑袋,尾巴拼命甩动,把雅各布死死地挤压在一根椽木上,动弹不得,隐形兽吊在他身上。

雅各布和蒂娜此刻分别位于房间两头,谁都不敢动弹,中间隔着鸟蛇盘绕的、鳞片覆盖的身体。

镜头转向雅各布和隐形兽。隐形兽迅速抬头看看旁边,突然消失。雅各布循着隐形兽的目光慢慢转过头——鸟蛇的脸近在咫尺,两眼专注地盯着他手里的蟑螂。雅各布吓得大气不敢出。

纽特从鸟蛇的脑袋后面探出头,低声说道——

纽特
把蟑螂扔进茶壶。

雅各布使劲咽了口唾沫，极力避免与旁边这个庞然大物对视。

雅各布
(试图哄慰鸟蛇)

嘘——

雅各布朝蒂娜瞪大眼睛，让她明白他的意图。

慢动作。雅各布扔出蟑螂。镜头跟着蟑螂在空中飞过，鸟蛇也随之再次移动，身体在阁楼里打开、盘绕。

纽特从鸟蛇背上跳起，稳稳地落在地上，奎妮及时躲避，用一个滤锅罩住脑袋。

蒂娜拔腿飞奔，把茶壶举在面前，跨过鸟蛇盘绕的身体——这一幕英勇悲壮。她扑通跪在房间中央，蟑螂准确地落进了茶壶。

鸟蛇竖起身子，拔地而起，同时迅速缩小，头朝下往茶壶里钻。蒂娜低下头，硬着头皮迎接冲击。鸟蛇飞速地朝茶壶冲下来，不偏不倚地滑落进去。

纽特跳上去，敏捷地把一个盖子压在茶壶上。他和蒂娜重重地喘息，如释重负。

纽 特
随意伸缩。也能
根据可用的空间
缩小身体。

镜头转向茶壶内,变得很小的鸟蛇大口吞吃蟑螂。

蒂 娜
跟我说实话——
手提箱里跑出来的
全都找着了?

纽 特
全都找着了——而且
这是实话。

第 92 场
内景。纽特的箱子——不久之后——夜晚

雅各布牵着隐形兽的手,领着它走在隐形兽围栏里。

纽 特（画外音）
她来了。

雅各布举起隐形兽,放入它的巢内。

雅各布
(对隐形兽)

回家高兴吗?是啊,
你肯定累坏了,老弟。
来吧——上去吧——就这样。

蒂娜犹豫不决地抱着鸟蛇宝宝。在纽特的指导下,她把鸟蛇轻轻放进了它的巢里。

镜头对准蒂娜,她扭头看着正在围栏里走来走去的毒角兽。蒂娜脸上满是敬意和赞叹。雅各布看到她的表情,轻声笑了。

皮克特在纽特口袋里狠狠掐了他一把。

纽特

哎哟!

纽特把皮克特掏出来,托在掌心,一边走过各个不同的围栏。

嗅嗅坐在一个小围场里,周围是各种各样的金银财宝。

纽特

没错……我想我们该谈谈。
是的,我不应该
把你给他,皮克特。
皮皮,我宁可砍掉我自己的手,
也不愿意放开你啊……
尤其是
你为我做了那么多——
好了,别这样。

纽特来到雷鸟区域。

纽特

皮皮——生闷气这事
我们之前聊过,对吧,
皮克特——行了,对我笑一下,
皮克特,对我……

皮克特伸出小舌头,朝纽特呸了一声。

纽特

好吧——我说,
你可真过分。

纽特把皮克特放在自己肩膀上,开始忙着准备多桶不同的饲料。

原创电影剧本

镜头转向纽特棚屋里的一张照片,上面是一位美丽的姑娘——笑容妩媚诱人。奎妮凝神看着照片。

奎妮

嘿,纽特。这女孩是谁?

纽特

呃……谁也不是。

奎妮

(读他的想法)

莉塔·莱斯特兰奇?我听说过
那个家族。他们不是——
你知道?

纽特

请不要读我的想法。

停顿。奎妮从纽特脑子里读取了全部故事。她看上去既好奇又忧伤。纽特继续干活,拼命假装奎妮没在读他的想法。

奎妮走上前,靠近纽特。

纽特

(恼怒,尴尬)

抱歉,我说过请别这样。

奎妮

我知道，对不起，控制不了嘛。
心受伤的时候
更容易被读到想法。

纽特

我的心没伤。
反正，是很久以前的事了。

奎妮

是你在学校里
真正亲密的友谊。

纽特

（假装不屑一顾）

是啊，嗯，我们两个都不适合
在学校待着，所以我们——

奎妮

——变得非常亲密。
那么多年。

背景中可见蒂娜，她注意到纽特和奎妮在交谈。

原创电影剧本

奎妮
（关切）
她是个索取者。你需要
一个给予者。

蒂娜朝他们走来。

蒂娜
你们两个在谈什么呢？

纽特
呃——没什么。

奎妮
学校的事。

纽特
学校的事。

雅各布
（穿上夹克）
你们刚才说学校？
难道还有学校？
一所巫师学校？就在美国？

奎妮

当然有——伊尔弗莫尼!
它可是全世界最好的魔法学校!

纽特

我想你会发现,
全世界最好的魔法学校
叫作霍格沃茨。

奎妮

胡说八道。

一声惊天动地的炸雷。雷鸟弗兰克尖叫着冲向空中,疯狂地拍打翅膀,身体变为黑色和金色,眼睛里划过一道道闪电。

纽特站起身,仔细观察雷鸟,神色忧虑。

纽特

危险。它感知到了危险。

第 93 场
外景。第二塞勒姆教堂——夜晚

格雷维斯在阴影中幻影显形。他抽出魔杖,慢慢向教堂移动,查看惨案现场。他的神情并无担忧,看上去非常好奇,近乎兴奋。

第 94 场
内景。第二塞勒姆教堂——夜晚

教堂里一片狼藉——月光从屋顶的裂缝透进来,卡斯提蒂倒在碎石瓦砾中,已经死去。

格雷维斯慢慢走进教堂,魔杖仍然拿在手中。教堂里的什么地方传来诡异的啜泣声。

玛丽·卢的尸体躺在他面前的地上,脸上的伤痕在月光下清晰可见。格雷维斯端详着尸体,露出恍然大悟的神情——没有恐惧,只有警惕和强烈的兴趣。

镜头对准克莱登斯,他瑟缩在教堂后面,呜咽着攥紧死亡圣器的挂坠。格雷维斯快步朝他走去,俯下身,抱住克莱登斯的头。然而,他说话时声音里没有丝毫情感。

格雷维斯
默然者——来过这里?
小女孩去哪儿了?

克莱登斯抬头凝望格雷维斯的脸——他心理受到重创,难以言表——脸上写着对温情的渴望。

克莱登斯
帮帮我。帮帮我。

格雷维斯
你不是说
你还有一个妹妹吗?

克莱登斯又开始啜泣。格雷维斯把一只手放在他脖子上,竭力让自己保持平静,脸因为焦虑而变得扭曲。

克莱登斯
求你了,帮帮我。

格雷维斯
你那个妹妹在哪儿,
克莱登斯?小的那个,
她在哪儿呢?

克莱登斯浑身颤抖,喃喃低语。

克莱登斯
求你了,就帮帮我吧。

格雷维斯突然凶相毕露,狠狠扇了克莱登斯一记耳光。

克莱登斯惊住了,呆呆地看着格雷维斯。

格雷维斯
你妹妹现在非常危险。
我们必须找到她。

克莱登斯惊骇莫名,无法理解他心目中的英雄竟然打了他。格雷维斯一把抓住他,拉他站起身,两人一起幻影移形。

神奇动物在哪里

第 95 场
外景。布朗克斯的住宅楼——夜晚

一条荒僻的街道。克莱登斯领着格雷维斯走近一座住宅楼。

第 96 场
内景。布朗克斯的住宅楼，走廊——夜晚

住宅楼内破败不堪。克莱登斯和格雷维斯走上楼梯。

> **格雷维斯**（画外音）
> 这是什么地方？

> **克莱登斯**
> 妈就是从这里
> 领养了莫迪丝蒂。
> 那家人有十二个孩子。
> 她很想念兄弟姐妹，
> 对他们念念不忘。

格雷维斯手拿魔杖，环顾楼梯平台——数不清的暗黑的房门向若干个方向延伸。

克莱登斯依然惊魂未定，停在了楼梯口。

> **格雷维斯**
> 她在哪里？

克莱登斯垂下头——不知所措。

克莱登斯
我不知道。

格雷维斯变得越来越不耐烦——他已经离目标这么近了。他大步走进一个房间。

格雷维斯
(轻蔑)
你这个哑炮,克莱登斯。
我第一眼看到你,
就能够察觉到。

克莱登斯脸色顿变。

克莱登斯
什么?

格雷维斯回到走廊,往前紧走几步,想看看另一个房间,他几乎忘记了要对克莱登斯假装关心。

格雷维斯
你的祖先拥有魔法,
可你却没魔力。

克莱登斯
可你说你会教我——

> **格雷维斯**
> 你根本就教不会。
> 你母亲死了。
> 那就是给你的回报。

格雷维斯指着另一个楼梯平台。

> **格雷维斯**
> 到此为止了。

克莱登斯没有动弹。他盯着格雷维斯的背影,呼吸变得急促,似乎在竭力克制什么。

格雷维斯穿过一个个昏暗的房间。近旁传来一丝动静。

> **格雷维斯**
> 莫迪丝蒂?

格雷维斯谨慎地走向走廊尽头一间废弃的书房。

第 97 场
内景。布朗克斯的住宅楼,废弃的房间——夜晚

镜头转向莫迪丝蒂,她瑟缩在墙角,看到格雷维斯走近,她睁大双眼,浑身发抖。

格雷维斯
(低语)
莫迪丝蒂。

格雷维斯俯下身,把魔杖放到一边——再一次扮演慈父。

格雷维斯
(温和)
你没必要害怕。
我跟你哥哥克莱登斯
一起来的。

听到克莱登斯的名字,莫迪丝蒂惊恐地发出呜咽。

格雷维斯
好了,你快出来吧……

格雷维斯伸出一只手。

隐隐传来叮叮的声音。

镜头转向天花板，上面出现一道道裂缝，像蛛网一样迅速蔓延。墙壁无法控制地剧烈摇晃，灰尘纷纷飘落，房间开始在他们周围崩塌瓦解。

格雷维斯站起身。他低头看着莫迪丝蒂，莫迪丝蒂显然吓得失魂落魄，不是这场魔法的始作俑者。格雷维斯转过身，慢慢抽出魔杖，他面前的那面墙轰然倒塌，似乎化为了沙，露出那边的另一堵墙。此刻他已完全把莫迪丝蒂抛至脑后。

随着每一面墙在他面前倒塌，他愕然，兴奋，同时意识到自己犯了一个巨大的错误……

最后那面墙也倒了。他与克莱登斯相对而立，克莱登斯死死地盯着他，无法抑制内心的愤怒、痛苦和被背叛的感觉。

格雷维斯
克莱登斯……我的确
该向你道歉……

克莱登斯
我那么信任你。
以为你是我的朋友。
以为你不一样。

克莱登斯的脸开始变形,他的愤怒正在从内部撕裂他。

格雷维斯
你能控制它,克莱登斯。

克莱登斯
(低语,终于与对方对视)
可我并不想控制,
格雷维斯先生。

默默然令人恐惧地在克莱登斯的表皮下移动。一声可怕的、非人的咆哮从他嘴里发出,某种黑色的东西开始喷涌而出。

这股力量最终控制了克莱登斯,他的整个身体爆发为一团黑色物质,轰然夺窗而去,差点儿击中格雷维斯。

格雷维斯站在那儿,注视着默默然疾速掠过城市上空。

第98场
外景。布朗克斯的住宅楼——夜晚

镜头跟随默默然在纽约城扭曲翻滚,大肆破坏。汽车被击飞,人行道被炸,建筑物被夷为平地——默默然所到之处,满目疮痍。

第 99 场
外景。思夸尔大楼顶部——夜晚

纽特、蒂娜、雅各布和奎妮站在"思夸尔"大招牌下的楼顶上。从楼顶边缘可以清楚地看到下面的骚乱。

雅各布
(过度兴奋)
天哪……就是那个
叫默然者的东西?

警笛声。纽特凝神注视,判断着破坏程度。

纽特
这比我听说过的
任何一个默然者的力量
都更强大……

远处传来一声惊天动地的爆炸。城市在他们下面开始燃烧。纽特猛地把箱子塞到蒂娜手中,从口袋里掏出一本

日记。

纽特

如果我回不来,
照看好我的生物。
需要知道的
全都在这里面了。

他把日记递给蒂娜,目光不敢与她对视。

蒂娜

什么?

纽特

(转头去看默默然)

不能让他们杀它。

他们四目交汇——此时无声胜有声,所有想告诉对方的话,尽在不言中——然后纽特从楼顶跳下,幻影移形。

蒂娜

(忧心如焚)

纽特!

蒂娜把箱子扔进奎妮怀里。

原创电影剧本

蒂娜
你也听到了——
照顾好这些生物!

蒂娜也幻影移形。奎妮把箱子塞给雅各布。

奎妮
你一定拿好了,亲爱的。

她刚想幻影移形,雅各布紧紧抓住她不放,她迟疑了。

雅各布
不,不,不行!

奎妮
不能带你去。求你了,
让我去吧,雅各布!

雅各布
嘿——嘿!是你说的,
我们现在是一伙儿的……
没错吧?

奎妮
可是太危险了。

远处又传来石破天惊的爆炸声。雅各布把奎妮抓得更紧。奎妮读他的想法，看到他在战争中经历过什么，她的表情变得惊异而充满柔情。奎妮深受感动，震惊不已。她慢慢地举起一只手，碰了碰雅各布的面颊。

第100场
外景。时代广场——夜晚

场面极度混乱。建筑物起火,人们尖叫着四散逃窜,被毁坏的汽车横七竖八地躺在街上。

格雷维斯在广场潜行,对周围的惨状视而不见,全部注意力只集中在一件事上。

默默然在广场一端翻滚,它的力量变得更加狂暴——孤独和虐待的产物,突破一层层伤害和痛苦爆发出来——片片红光在其中咆哮。在那团物质中,克莱登斯的面孔只隐约可见，扭曲，痛苦。格雷维斯站在默默然面前，满脸得意。

纽特在街道那头幻影显形，注视着这一幕。

格雷维斯

（在喧嚣中大喊，让克莱登斯听见）

有它在你身体里，
还能存活那么久，
克莱登斯，这是个奇迹。
你就是奇迹。
跟我走吧——想想我们一起
将取得何等成就。

默默然向格雷维斯移动——那团物质内部传出一声尖叫，黑色力量再次爆发，把格雷维斯击倒在地。那力量发出的冲击波席卷整个广场——纽特闪身躲在一辆翻倒的汽车后面。

蒂娜在广场幻影显形，隐藏在纽特近旁另一辆燃烧的汽车后面。两人互相对视。

蒂娜

纽特！

纽特
是那个第二塞勒姆的男孩。
他就是那个默然者。

蒂娜
可他不是小孩啊。

纽特
我知道——但我看见他了——
他的力量一定很强,
所以才有办法活了下来。
真不可思议。

默默然再次尖叫,蒂娜做出一个决定。

蒂娜
纽特!救那孩子。

蒂娜猛地朝格雷维斯冲去。纽特心领神会,幻影移形。

神奇动物在哪里

第 101 场
外景。时代广场——夜晚

格雷维斯悄悄移动,离默默然越来越近,默默然在他面前继续尖叫、哀号。他抽出魔杖,摆好姿势……

蒂娜从格雷维斯身后冲进镜头。她朝格雷维斯发射咒语,但他及时转身躲开,他的反应无比灵活,令人震惊。

默默然消失了。格雷维斯彻底被惹恼,朝蒂娜步步逼近,轻松自如地挡开她的咒语。

格雷维斯
蒂娜,你总是出现在
别人最不想看见你的地方。

格雷维斯召唤一辆被遗弃的汽车,汽车呼啸着凌空飞来,逼得蒂娜躲开。

蒂娜从地上爬起来时,格雷维斯已经幻影移形。

原创电影剧本

第 102 场
内景。魔法国会重案调查司——夜晚

一幅纽约城的金属地图亮起,显示魔法活动密集的地区。被高级别傲罗们簇拥着的皮奎利女士端详着地图,一脸惊骇。

     皮奎利女士
  控制局势。
  我们一旦暴露,
  势必引发战争。

傲罗们立刻幻影移形。

第 103 场
外景。纽约的屋顶——夜晚

纽特在楼顶上以最快的速度追逐默默然,边跑边幻影显形。

     纽特
  克莱登斯!克莱登斯!
  我能帮你。

神奇动物在哪里

默默然朝纽特俯冲过来,纽特及时幻影移形,随后继续在楼顶上追逐默默然。

他奔跑时,咒语在身边纷纷爆炸,把楼顶炸得粉碎。十几个傲罗出现,从前面袭击默默然,差点令纽特丧命。纽特跳起来躲避,一边仍然穷追不舍。

默默然拼命躲闪咒语,留下黑色的雪花般的碎片,在楼顶上空飘浮。默默然尖叫着后退,拐向另一个街区。

在一次特别猛烈的爆发中,默默然戏剧性地直冲云霄,闪着蓝色和白色电光的咒语从各个角度击中它。最后它冲过一条空荡荡的大街,如同一股黑色的海啸,摧毁路上的一切,轰然落地。

第 104 场
外景。地铁站外——夜晚

一排荷枪实弹的警察站在那里,瞄准正朝他们全力冲击的恐怖的超自然力量。

看到那团物质在前面汇聚,径直朝他们冲来时,警察们脸上的表情从迷惑紧张变为极度的恐慌。他们开枪射

击——面对这团似乎无法遏制的涌动物质,他们的反抗完全无济于事。最后,默默然冲到面前时,他们作鸟兽散,顺着街道落荒而逃。

第 105 场
外景。纽约的楼顶／街道——夜晚

镜头转向纽特,他站在一个摩天大楼的楼顶,放眼眺望,只见默默然从周围的建筑物上赫然升起,随即重重地砸在市政厅地铁口外的地上,场面十分骇人。

突然一阵寂静。默默然停在地铁口,发出有节奏的、带尖叫的沉重的喘息声。

最后,在纽特的注视下,那团黑色物质渐渐缩小,化为乌有,克莱登斯瘦小的身影走下台阶,进入地铁站。

第 106 场
内景。地铁站——夜晚

纽特幻影显形,出现在市政厅地铁站,一条长长的、用马赛克装饰的具有艺术风格的车站隧道,可以看出默默然从这里穿过的迹象——吊灯吱吱摇晃,几片砖瓦摔碎在地。可以听见默默然沉重的呼吸声,它像一头受惊的豹子,被逼入了绝境。

纽特悄悄顺着站台往前走,想找到声音的中心,这时默默然从天花板上滑了下来。

原创电影剧本

第 107 场
外景。地铁口——夜晚

傲罗们包围了地铁口。他们用魔杖指向人行道和天空,在地铁口周围画出一个无形的能量场。

可以听见更多的傲罗在赶来,其中就有格雷维斯——他审时度势,立刻掌控了全局。

格雷维斯
封锁这里。

神奇动物在哪里

不许有别人到下面去。

魔法能量场快要完成时,一个身影趁人不备,从下方迅速钻进地铁隧道,那是蒂娜。

第 108 场
内景。地铁——夜晚

纽特在隧道的阴影里接近默默然。默默然已平静许多,此刻在轨道上空慢慢地旋转。纽特躲在一根柱子后面说话。

     纽特
    克莱登斯……你叫克莱登斯,
    对吗?我是来帮助你的,
    克莱登斯,没想过
    要伤害你。

远处传来脚步声,步伐审慎而克制。

纽特从柱子后面出来,走到铁轨上。在那一团默默然中,可以看见克莱登斯的影子,他蜷缩着身体,惊魂不定。

原创电影剧本

纽特
我见过情况跟你一样的人，
克莱登斯。一个女孩——
是个小女孩，她被囚禁起来，
关在很远的地方，
就因为拥有魔法而受到惩罚。

克莱登斯在听——他做梦也没想到会有一个同类。慢慢地，默默然消散了，只留下克莱登斯瑟缩在铁轨上——一个受了惊吓的孩子。

纽特蹲在地上。克莱登斯看着他，脸上慢慢浮现出一丝隐约的希望：或许还有退路？

纽特
克莱登斯，我能到你身边来吗？
我能过来吗？

纽特慢慢往前挪动，然而就在这时，一道耀眼的强光从暗处射出，一个咒语击中了他，使他仰面摔倒。

格雷维斯决绝地顺着隧道大步走来。

克莱登斯拔腿奔跑，格雷维斯又朝纽特射出一些咒语，纽特翻滚着躲避，逐渐靠近隧道中央的柱子。他在那里试图反击，然而一道道咒语都被轻松挡开。

克莱登斯继续在铁轨上缓慢吃力地行走,突然停住脚步——像一只兔子被车灯笼罩——一辆列车正在驶来,车灯在黑暗中刺得人睁不开眼。

只有格雷维斯能救克莱登斯——用魔法让他离开列车的轨道。

第109场
外景。地铁口——夜晚

皮奎利女士在魔法能量场下面审视着整个事态。

人群和警察的视角。 人群开始簇拥在地铁周围,他们盯着那个包围地铁的魔法气泡,连连惊呼,议论纷纷。记者也出现了,忙着抓拍现场照片,情绪越来越激动。

老肖先生和巴克尔挤过人群。

老肖先生
那东西杀了我儿子——
我要司法正义!

镜头拉近皮奎利女士,她放眼望向人群。

老肖先生（画外音）
我一定会揭露你们的身份
和你们的所作所为。

第110场
内景。地铁——夜晚

格雷维斯立于站台，继续跟站在铁轨上的纽特决斗。克莱登斯蜷缩在纽特身后。

最后，格雷维斯似乎厌倦了纽特的反击，猛地射出一个咒语，那股魔力顺着起伏扭曲的铁轨在隧道里延伸，最后击中纽特，把他高高抛向空中。

纽特仰面摔倒，格雷维斯立刻向他发起猛攻，像挥鞭子一样连连发射咒语，动作越来越凶狠。格雷维斯显然威力超强，只见纽特在地上翻滚扭动，无力阻止对方。

第 111 场
外景。地铁口——夜晚

全景镜头。 闪光能量墙微微震颤，因其内部的魔法力量而发出道道亮光。

醉醺醺的兰登瞪眼看着这一幕，惊诧不已，如痴如醉。

老肖先生
（对周围的摄影记者）
看看！快拍照片！

第 112 场
内景。地铁——夜晚

格雷维斯继续抽打纽特，眼睛里闪着狂躁、疯狂的光芒。

镜头拉近克莱登斯，他在隧道那头啜泣。他开始颤抖，试图阻止内在的那股力量升腾起来，他的脸慢慢转为黑色。

纽特痛苦地发出惨叫，克莱登斯屈从于那团黑色——他的身体被包裹和征服——默默然升腾起来，顺着隧道一路冲撞，扑向格雷维斯。

格雷维斯为之痴迷——在这团巨大的黑色物质下扑通跪倒——在惊异中恳求。

格雷维斯
克莱登斯。

默默然发出一声诡异恐怖的尖叫,朝格雷维斯俯冲下来,格雷维斯及时幻影移形。默默然继续在隧道中横冲直撞。

格雷维斯和纽特在地铁各处不断地幻影移形和显形,拼命躲避默默然。这使得地铁站以更快的速度分崩瓦解。那股力量突然加速,形成滔天巨浪,吞噬整个地铁站,冲破隧道顶飞了出去。

第113场
外景。地铁口——夜晚

默默然在人行道上一路破坏肆虐,巫师和麻鸡都愕然地注视着。默默然冲上一座建了一半的摩天大楼,每层楼的窗户都随之粉碎,电线爆炸,最后它冲向顶部骨骼般的脚手架,脚手架变形坍塌,摇摇欲坠。

下面,魔法警戒线外面的人群惊慌失措,纷纷躲避。

默默然形成巨大的圆盘形,再次钻进地铁。

第114场
内景。地铁——夜晚

默默然尖叫、俯冲,冲破了隧道顶——刹那间,纽特和格雷维斯似乎命悬一线——他们躺在铁轨上,瑟缩在这股黑暗力量之下。

蒂娜(画外音)
克莱登斯,别!

蒂娜跑上铁轨。

默默然凝固了,距格雷维斯的脸近在咫尺。非常、非常缓慢地,它再次飘升上去,轻轻旋转,盯着蒂娜,蒂娜与它那双诡异的眼睛对视。

蒂娜
别这么做——求你了。

纽特
继续说吧,蒂娜。

继续跟他说话——他听你的。
他正在听你说。

在默默然内部,克莱登斯向蒂娜伸出双手,这是唯一一个单纯地善待过他的人。他看着蒂娜,神情既迫切又害怕。自从蒂娜使他免遭一顿毒打之后,他就一直梦想着她。

蒂娜
我知道那女人对你
做过些什么……
我知道你受了很多苦……
你不能再这样做了……
纽特和我会保护你的……

格雷维斯站了起来。

蒂娜
(指着格雷维斯)
这个人——他在利用你。

格雷维斯
别听她的,克莱登斯。
我想让你获得自由。
这没关系。

神奇动物在哪里

蒂娜
（对克莱登斯，安抚他）
就这样……

默默然开始缩小。那张可怕的面孔变得越来越像人类，越来越像克莱登斯自己的脸。

突然，傲罗们开始涌下地铁台阶，冲进隧道。另有一些傲罗从蒂娜身后发起进攻，他们都咄咄逼人地举着魔杖。

蒂娜
嘘——！不要，
你们会吓到他的！

默默然发出一声可怕的呻吟，又开始膨胀。地铁站坍塌瓦解。纽特和蒂娜转过身，双手叉腰，都想保护克莱登斯。

格雷维斯转身面对那些傲罗，手举魔杖。

格雷维斯
放下魔杖！谁敢动他——
我就找谁算账——
（重新转向克莱登斯）
克莱登斯！

蒂娜

克莱登斯……

傲罗们开始猛烈地朝默默然发射咒语。

格雷维斯

不！

镜头对准黑色物质内的克莱登斯，他在尖叫，面容扭曲。密集的咒语继续射来，克莱登斯发出痛苦的号叫。

第 115 场
外景。地铁口——夜晚

随着人们纷纷逃离现场，包围地铁的魔法能量场分崩离析。只有老肖先生和兰登站在那里没有退缩。

第 116 场
内景。地铁——夜晚

傲罗们继续瞄准默默然发射咒语，他们的进攻残酷无情。

在此压力下，默默然似乎终于爆裂——一个白色的魔法光球取代了黑色物质。

这种变化带来的冲力，击得蒂娜、纽特和傲罗们跌跌撞撞后退。

所有的力量都平息了。只有几缕黑色物质的残片留下来——如羽毛般在空中飘动。

纽特站起身，脸上带着深切的忧伤。蒂娜仍躺在地上哭泣。

格雷维斯却爬起来走回站台，尽量靠近那些黑色物质的残片。

傲罗们逼近格雷维斯。

格雷维斯
一群蠢货。知道你们刚才
干了什么吗？

格雷维斯怒气冲冲，其他人好奇地注视着他。皮奎利女

原创电影剧本

士从傲罗们身后出现,她的语气强硬,充满质疑。

皮奎利女士
杀死默然者是我授意的,
格雷维斯先生。

格雷维斯
是的。历史也必将
有所记载,主席阁下。

格雷维斯顺着站台朝她走去,语调气势汹汹。

格雷维斯
今晚此地之事,
无理无情!

皮奎利女士
他该对一个麻鸡的死负责。
他还险些暴露了所有的巫师。
他更违反了我们
最神圣的法律。

格雷维斯
(冷笑)
那法律,让我们像
委身于下水道的耗子!

那法律，要我们隐藏
真实的自我！那法律，
要让其管辖之人
蜷缩在惧怕中，
唯恐我们会暴露身份！
我问你，主席阁下——
　　（目光扫过所有在场的人）
——我倒问问你们——这个法律
要保护的是谁？是我们？
　　（大致示意上面的那些麻鸡）
还是他们？
　　　　（面露冷笑）
我拒绝再屈从于它之下。

格雷维斯从傲罗们身边走开。

皮奎利女士
　　（对两边的傲罗）
傲罗们，我想你们可以
解除格雷维斯先生的魔杖，
把他押回——

格雷维斯往站台深处走时，面前突然出现一道白光构成的墙，挡住他的去路。

格雷维斯思忖片刻——脸上闪过一丝讥讽和烦躁的狞

原创电影剧本

笑。他转过身。

格雷维斯自信地顺着站台往回走,朝面对他的两伙傲罗发射咒语。咒语从各个角度朝他飞来,但格雷维斯把它们一一挡开。几个傲罗被击飞——格雷维斯似乎胜券在握……

说时迟那时快,纽特从口袋里掏出卵囊,朝格雷维斯放了出去。蜷翼魔在格雷维斯周围盘旋,挡开他的咒语,保护着纽特和傲罗,使纽特有时间抽出自己的魔杖。

纽特意识到自己一直有所克制,便把撒手铜凌空甩了出去:一条超自然光的绳索,噼啪爆响地飞过去,像鞭子一样捆住格雷维斯。格雷维斯想挣脱,却越挣越紧,最后踉跄着跪倒在地,丢掉了魔杖。

蒂娜

魔杖飞来!

格雷维斯的魔杖飞入蒂娜手中。格雷维斯环顾四周,眼睛里有深深的恨意。

纽特和蒂娜慢慢走上前。纽特举起魔杖。

纽特

原形立现!

神奇动物在哪里

格雷维斯变形。他不再是黑皮肤黑头发,而变成了金发碧眼。变成了通缉令上的那个男子。人群中传来窃窃私语:**格林德沃**。

皮奎利女士朝他走去。

格林德沃
(轻蔑)
你以为你能关得住我?

皮奎利女士
我们会尽最大努力,
格林德沃先生。

格林德沃狠狠地盯着皮奎利女士,表情由厌恶转为嘲弄的微笑。两个傲罗逼他站起,押着他朝地铁口走去。

格林德沃走到纽特身边时,停住脚步——两人都面露冷笑。

格林德沃
我们会死吗,
哪怕一点儿?

他被押走,上了台阶,离开地铁。纽特注视着,一脸茫然。

镜头切换。奎妮和雅各布挤到傲罗前面。雅各布拎着纽

特的箱子。

奎妮拥抱蒂娜。纽特凝视雅各布。

雅各布

嘿……我想
有人应该看管着这东西。

他把箱子递给纽特。

纽特

（谦恭，充满感激）

谢谢你。

皮奎利女士透过地铁站被损坏的屋顶，望着外面的世界，对那一行人说话。

皮奎利女士

我们欠你一个道歉，
斯卡曼德先生。但是魔法世界
已经暴露！我们无法
对整座城市施遗忘咒。

停顿，大家深刻领会这句话。

纽特循着皮奎利女士的目光，看见一缕细细的黑色物

神奇动物在哪里

质——默默然残留的一小部分,从屋顶飘下来。在没有其他人注意的情况下,它最终飘升起来飞走,想与它的宿主重新连接。

停顿。纽特猛然把注意力转回到眼前的问题。

纽特
其实,我想我们可以。

镜头切换。纽特把敞开的箱子放在地铁拱顶那个巨大的窟窿下面。

镜头推向纽特敞开的箱子。

突然,羽毛纷飞,风声呼啸,雷鸟弗兰克一飞冲天——那群傲罗连连后退。雷鸟拍打着强有力的翅膀,在上空盘旋,美丽、迷人,同时也令人胆寒。

纽特走上前,端详着弗兰克,脸上带着真实的柔情和骄傲。

纽特
本来是打算等到了
亚利桑那州再说的,
不过似乎现在你是我们
唯一的希望,弗兰克。

目光对视——彼此理解。纽特伸出一只胳膊,弗兰克充满爱意地把喙扎进纽特怀里——他们亲热地用鼻子蹭着对方。

周围的人敬畏地注视着他们。

纽特
我也会想你的。

纽特退后,从口袋里掏出那瓶蜷翼魔毒液。

纽特
(对弗兰克)
你知道该做什么。

纽特把瓶子高高抛向空中——弗兰克发出一声尖厉的叫声,用喙叼住瓶子,立刻展翅飞出了地铁。

第117场
外景。纽约——天空——黎明

身姿伟岸的弗兰克冲出地铁,在曙光微明的天空翱翔,麻鸡和傲罗都惊诧地尖叫、退缩。

神奇动物在哪里

镜头追随弗兰克在天空越飞越高、越飞越高。随着它翅膀扇动的加剧和加速,风暴云开始聚集。闪电划过天际。镜头盘旋而上,弗兰克扭动、转身,纽约城在它身下一览无余。

镜头拉近弗兰克的喙,瓶子被紧紧叼住,最终碎裂。威力强大的毒液洒向漫天的大雨,使雨水带有魔法,变得更加密集。黑沉沉的天空闪过一道辉煌的蓝光,大雨倾盆而下。

第118场
外景。地铁口——黎明

俯拍镜头推向下面的人群,他们抬头仰望天空。大雨落下,打在他们身上,人群顺从地往前走——他们糟糕的记忆被洗去。每个人都按部就班地做着自己的事,仿佛没有发生过任何异常状况。

傲罗们行走在大街小巷,施修复咒,重建整个城市。建筑物和汽车修复如初,街道恢复了正常。

镜头转向兰登,他站在雨里,随着雨水在脸上流淌,他的表情变得柔和,越来越茫然。

原创电影剧本

镜头转向警察,他们看着自己的枪,一脸疑惑——为什么要把枪拔出来呢?他们慢慢振作起精神,把枪收起。

在一个小家庭里,年轻的母亲在一旁情意绵绵地看着自己的家人。她喝了一口水,表情变得空白。

一群群傲罗继续修复街道,迅速组装破损的电车轨道。终于,所有破坏的痕迹都消失了。一个傲罗经过一个报摊时,给报纸施了魔法,移除了纽特和蒂娜的通缉照片,换上了普普通通的关于天气的头条新闻。

银行经理宾利先生站在浴室里冲澡。水哗哗地流过他的身体,他也被施了遗忘咒。宾利先生的妻子在刷牙,她的表情空洞,无所忧虑。

弗兰克继续在纽约大街小巷的上空盘旋,翻搅起更多的雨水,羽毛闪烁着道道灿烂的金光。最后,它傲然地飞入纽约璀璨的朝霞,那一幕无比辉煌。

第 119 场
内景。地铁站台——黎明

皮奎利女士在一旁观看,地铁的拱顶被迅速修复。

纽特对那群人说——

> **纽特**
> 他们什么都不会记得。
> 那种毒液有非常强大的力量,
> 能"一忘皆空"。

> **皮奎利女士**
> (深受触动)
> 我们亏欠你的太多了,
> 斯卡曼德先生。现在——
> 让你的箱子离开纽约吧。

> **纽特**
> 好的,主席阁下。

皮奎利女士正要在那群傲罗的簇拥下走开,突然,她转过身。奎妮读出了她的想法,站到雅各布身前保护他,想把他挡住。

> **皮奎利女士**
> 那个麻鸡还在这里?
> （看见雅各布）
> 给他施遗忘咒。
> 这不能有例外。

皮奎利女士看到他们脸上难过的表情。

> **皮奎利女士**
> 很遗憾——不过就算一个
> 目击者……你们清楚法律。

停顿。她因他们的痛苦而不安。

> **皮奎利女士**
> 给你们时间告别。

她离开了。

第 120 场
外景。地铁——黎明

雅各布领着其他人走上地铁台阶,奎妮紧紧跟在他身后。

神奇动物在哪里

大雨仍然哗哗地下着,除了几个辛勤工作的傲罗,街道上已几乎空无一人。

雅各布走到台阶顶上,站在那里凝视大雨。奎妮伸出手,抓住他的衣服,希望他不要走入地铁外的街道。雅各布转身面对她。

雅各布
嘿,嘿,这对大家都好。
(看到他们的神情)
是啊——我——我其实
本来就不应该在这里。

雅各布强忍住泪水。奎妮抬头凝视着他,美丽的脸上充满忧伤。蒂娜和纽特看上去也痛苦万分。

雅各布
我根本就不该知道
这一切。大家都明白,
纽特带着我是因为——
喂——纽特,你干吗
老带着我?

纽特不得不坦言相告。这并不容易。

原创电影剧本

      纽特
  因为我喜欢你。
  因为你是我的朋友。
  我永远不会忘记你
  对我的帮助,雅各布。

停顿。听了纽特的回答,雅各布百感交集。

      雅各布
  哦!

奎妮拾级而上,朝雅各布走去——两人站得很近。

      奎妮
    (想让他高兴起来)
  我跟你一起走。
  去别的地方——去任何地方。
  你看,我再也不会
  找到像你这样的了——

      雅各布
    (坚强地)
  我这样的人多得是。

      奎妮
  不……不……你是

独一无二的。

痛苦简直无法忍受。

雅各布
（停顿）

我该走了。

雅各布转头面对大雨，擦了擦眼睛。

纽特
（动身想走向他）

雅各布！

雅各布
（努力微笑）

没事的……没关系……不要紧。
就像突然醒过来，
对吧？

那三个人也对他报以鼓励的微笑，竭力缓解这揪心的场面。

雅各布在大雨中后退，一边看着他们的面容。他把脸转向天空，伸出双臂，让雨水把自己彻底冲洗。

奎妮用魔杖变出一把魔法雨伞，走出地铁口，走向雅各布。她凑过去，温柔地抚摸雅各布的脸，然后闭上眼睛，俯身轻轻吻他。

她终于慢慢抽身离开，目光一秒钟也不曾离开雅各布的脸。接着，突然之间，她不见了，只留下雅各布立于雨中，伸开双臂，渴望拥抱，怀中却空无一人。

镜头拉近雅各布的脸，他完全"醒来"，看到自己身处此地，倾盆大雨兜头而下，他一脸茫然，完全困惑不解。最后，他顺着街道远去——一个孤独的身影。

神奇动物在哪里

原创电影剧本

第 121 场
外景。雅各布的罐头厂——一星期后——傍晚

精疲力竭的雅各布，完成了一天的辛苦工作，和周围一群同样着装的流水线工人一起离开工厂。他拎着一个破旧的皮箱。

一个男人朝他走来，是纽特。两人相撞，雅各布的箱子

神奇动物在哪里

被撞落在地。

纽特
对不起——很抱歉！

纽特已迅速而果断地往前走去。

雅各布
（没认出来）
嘿！

雅各布弯腰拎起箱子，困惑地低头看去。他的箱子突然变得很重。一个锁扣自动弹开。雅各布露出一丝笑意，俯身打开箱子。

箱子里装满了纯银的鸟蛇蛋壳，并附有一张纸条。雅各布念道：

纽特（画外音）
亲爱的科瓦尔斯基先生，
您在罐头厂里是浪费才华。
请用这些鸟蛇蛋壳
当担保品，
贷款开烘焙坊吧。
一位好心人敬上。

原创电影剧本

第 122 场
外景。纽约港——第二天

镜头拉近纽特的双脚,他在人群中穿行。

纽特看似正要离开纽约,他穿着大衣,脖子上戴着赫奇帕奇围巾,箱子用绳子紧紧捆住。

蒂娜走在他身边。他们在登船口前停住脚步。蒂娜看上去心神不宁。

纽 特

（微笑）

这段时间……

蒂 娜

可不是嘛！

停顿。纽特抬起目光，蒂娜的表情满含期待。

蒂 娜

听我说，纽特，
我想谢谢你。

纽 特

干吗谢我呀？

蒂 娜

你心里很明白，
要不是你跟皮奎利主席
说了我那么多好话——
我现在也不可能
回到调查组。

纽 特

怎么说呢——我实在想不出
还愿意让谁来调查我了。

原创电影剧本

这并不是他想说的话,可是已经来不及了……纽特变得有点窘迫,蒂娜害羞地表示欣赏。

蒂娜

我说,还是努力
别被人调查才好。

纽特

我会的。接下来
我的日子就很平静了……
回到魔法部……
把书的稿子投出去……

蒂娜

我很期待你的书。
《神奇动物在哪里》。

淡淡的微笑。停顿。蒂娜鼓起勇气。

蒂娜

那位莉塔·莱斯特兰奇
喜欢看书吗?

纽特

谁?

蒂 娜

那个女孩,
你一直带着她的照片——

纽 特

我真的不知道
莉塔现在喜欢什么,
因为人会变。

蒂 娜

是啊。

纽 特

（略有所悟）

我就变了。我这么觉得。
也许就一点儿。

蒂娜很高兴,但不知如何表达。她只努力忍住不哭。客船的汽笛声响起——其他乘客多半已经上船。

纽 特

到时候我给你寄一本,
要是你愿意。

蒂 娜

我很愿意。

纽特凝望着蒂娜——笨拙中饱含柔情。他轻轻伸出手，触摸她的头发。两人盘桓须臾，四目深情对视。

纽特看了最后一眼，忽然抽身离去，留下蒂娜站在原地，举手触碰纽特刚才抚摸过的头发。

可是纽特又回来了。

> **纽特**
> 实在抱歉——你觉得
> 我是否可以当面把书给你？

蒂娜脸上绽开灿烂的笑容。

> **蒂娜**
> 我很愿意——非常愿意。

纽特也忍不住咧嘴微笑，随后转身走开。

他在跳板上停住脚，似乎拿不准该如何行动，最后继续往前走去，没有回头。

蒂娜独自站在空荡荡的港口。她走开时，脚步顽皮地欢跳了一下。

神奇动物在哪里

原创电影剧本

第 123 场
外景。雅各布的烘焙坊,
下东区——三个月后——白天

全景镜头下纽约的一条繁忙街道——路边摆满小摊,人群熙熙攘攘,车马川流不息。

镜头转向一家诱人的小烘焙坊。漂亮的小店外人头攒动,店名写着:科瓦尔斯基。人们饶有兴趣地打量橱窗,顾客抱着购得的烘焙商品,满意地离开。

神奇动物在哪里

第 124 场
内景。雅各布的烘焙坊,下东区——白天

镜头拉近门铃,它发出叮当声,宣告又来了一位新顾客。

镜头拉近店里的糕点和面包,都是各种别出心裁的形状——其中可辨认出隐形兽、嗅嗅和毒角兽。

雅各布在接待顾客,满面春风,他的店里挤满了顾客。

女顾客
(端详那些小糕点)
您的灵感是从哪儿来的,
科瓦尔斯基先生?

雅各布
不清楚,不知道——
都是突然出现的!

他把女顾客买的糕点递过去。

雅各布
这是您的——别忘了这个——

原创电影剧本

请享用。

雅各布转身招呼他的一个烘焙助手,递给对方两把钥匙。

雅各布
嘿,亨利——去储藏室,
行吗?谢啦,老弟。

门铃又叮叮响起。

雅各布抬起头,又一次彻底惊呆:是奎妮。他们四目相对——奎妮绽开笑容,光彩照人。雅各布困惑不已,完全被迷住了,他摸摸脖子——往事突然闪现。他也露出微笑。

完

鸣 谢

如果没有斯蒂夫·科洛夫斯和大卫·叶茨的耐心和智慧，就不会有《神奇动物》电影剧本。非常感谢他们提供的每一个意见和建议，以及给予我的每一点鼓励。学会——用斯蒂夫的不朽名言来说——"为裙子物色最适合它的女人"，是一种引人入胜、极富挑战性、使人振奋、令人抓狂、考验耐心，同时也特别有收获的经历。这样的经历，哪怕用整个世界来换我都不愿意错过。如果没有他们，我不可能完成这件事。

早在"哈利·波特"被搬上大银幕伊始，大卫·海曼就开始与我合作，缺少了他，《神奇动物》肯定会大大逊色。自从第一次在苏活区那顿令人作呕的午餐之后，我们经历了漫长的旅程，他正在把曾经赋予哈利·波特的知识、敬业精神和专业技能，全部赋予纽特。

如果没有凯文·特苏哈拉，就不会有《神奇动物》系列电影的诞生。我从2001年撰写那本慈善读物时就开始萌生《神奇动物》的基本概念，是凯文让我正式着手把纽特的故事搬上大银幕。他的支持是无价的，他在这件事上功不可没。

最后但同样重要的是，我的家人对这一计划给予了极大的支持，即使这意味着我忙于工作，一年无暇度假。真不知道没有你们我该如何是好，我肯定会陷入阴郁和孤独的境地，什么也创作不出来。因此，尼尔、杰西卡、戴维、肯齐，感谢你们一直这么出色、有趣、爱心满满，感谢你们一直相信我应该追逐"神奇动物"，不管它们有时候多么复杂棘手、耗费时日。

电影术语表

返回场景——镜头聚焦于场景中某个人物或动作之后,返回较大的场景。

近镜头——从近距离拍摄人物或物体。

外景——户外,外部环境。

快速切换——特别短促的镜头转换,有时短到只有一帧。

高全景镜头——摄像机位于高处,以广角"俯视"物体或场景。

定格——镜头停在某个人物或物体上。

内景——室内,内部环境。

跳切——从某一重要时刻跳转至同一角度的下一时

刻。这一转换通常用于表现短暂的时间推移。

蒙太奇——连续压缩了空间、时间和信息的一组镜头，经常伴有音乐。

画外——银幕之外发生的动作，或银幕上看不见的人物所说的话。

摇摄镜头/快速摇摄——摄像机在固定轴上转动，从某一个拍摄对象慢慢转向另一个拍摄对象；快速摇摄是从一个拍摄对象极快地转向另一个拍摄对象。

视点镜头——摄像机从某一特定人物的视角拍摄。

低声——悄声或压低声音说话。

时间切换——切至同一场景的稍后时间。

画外音——未在银幕上的场景中出现的人物所说的话。

全景拍摄——镜头展现完整的物体或人物形象，一般用来表现其与周围环境的关系。经常用来定位影片的场景。

演职人员表

华纳兄弟电影公司出品

盛日影业公司制作

大卫·叶茨作品

《神奇动物在哪里》

导演·····································大卫·叶茨
剧本·····································J.K. 罗琳
制片人····················大卫·海曼（美国制片人工会）

　　　　　　　　　　J.K. 罗琳（美国制片人工会）

　　　　　　　　斯蒂夫·科洛夫斯（美国制片人工会）

　　　　　　　　莱昂内尔·威格拉姆（美国制片人工会）

执行制片人····························蒂姆·刘易斯

　　　　　　　　　　尼尔·布莱尔，里克·塞纳特

摄影指导······························菲利普·鲁斯洛
艺术指导······························斯图尔特·克雷格
剪辑·····································马克·戴
服装设计······························科琳·阿特伍德
音乐·······························詹姆斯·纽顿·霍华德

原创电影剧本

领衔主演

纽特·斯卡曼德	埃迪·雷德梅尼
蒂娜·戈德斯坦	凯瑟琳·沃特森
雅各布·科瓦尔斯基	丹·福格勒
奎妮·戈德斯坦	艾莉森·苏多尔
克莱登斯·巴瑞波恩	埃兹拉·米勒
玛丽·卢·巴瑞波恩	萨曼莎·莫顿
老亨利·肖	乔恩·沃伊特
瑟拉菲娜·皮奎利	卡门·艾乔戈

以及

波希瓦尔·格雷维斯	科林·法瑞尔

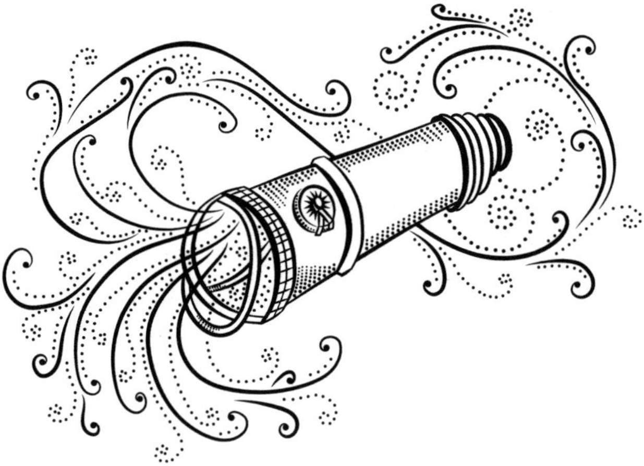

关于作者

  J.K. 罗琳是 7 本"哈利·波特"系列畅销书的作者，该系列出版于 1997 至 2007 年间，已在全球范围销售超过 450,000,000 册，发行至 200 多个国家和地区，被翻译成 79 种语言，并被华纳兄弟公司改编拍摄为 8 部热门电影。罗琳女士还为该系列写了 3 部姊妹篇以资助慈善事业：《神奇的魁地奇球》和《神奇动物在哪里》用于资助"喜剧救济基金会"；《诗翁彼豆故事集》用于资助她的儿童慈善机构"荧光闪烁"。罗琳女士的网站和电子出版平台 Pottermore 是魔法世界的数字中心。她与编剧杰克·索恩及导演约翰·蒂法尼合作的舞台剧《哈利·波特与被诅咒的孩子（第一部和第二部）》于 2016 年在伦敦西区首演。J.K. 罗琳还为成年读者创作了小说《偶发空缺》，并以罗伯特·加尔布雷思的笔名撰写了 3 部推理小说，塑造了私人侦探科莫兰·斯特莱克这一形象，该系列将被 BBC 改编成电视剧。这部《神奇动物在哪里》是 J.K. 罗琳创作的第一个电影剧本。

关于图书设计

本书的装帧设计由备受赞誉的米纳利马设计工作室完成，工作室的创办者米拉菲拉·米纳和爱德华多·利马是《神奇动物在哪里》及 8 部"哈利·波特"系列电影的平面设计师。

本书的封面和插图以故事里的动物为基础，灵感来自二十世纪二十年代的装饰风格。均为手工绘制，后期用绘图软件制作完成。正文字体是 Crimson Text，大号字体是 Sheridan Gothic SG。